EL MESTRE DE KHEOPS

Albert Salvadó

Als meus germans Carles i
Guillem, amb el record de totes
les aventures que hem viscut
plegats

ISBN: 978-99920-1-908-5
Dipòsit legal: AND.182-2012

©*Albert Salvadó* ®
www.albertsalvado.com

Diseny portada: Sarabia Photo

ÍNDEX

BREU REFERENT HISTÒRIC

És apassionat submergir-se en allò que va succeir més de quatre mil cinc-cents anys enrere. A la dificultat pròpia del temps hi hem de sumar la manca de textos que ens impedeixen conèixer amb exactitud com eren la mentalitat de l'època i una organització de què en tenim trets, però no una certesa absoluta. Egipte, l'imperi que va perviure tres mil anys, sempre ha viscut envoltat d'un misteri gairebé indesxifrable que els historiadors han procurat explicar amb més o menys fortuna, amb més o menys dosi d'imaginació, i que altres han magnificat o mistificat fins a extrems impensables oblidant, tal vegada, que eren simples homes i dones que procuraven fer el mateix que nosaltres: viure en aquest món.

Els mateixos historiadors no es posen d'acord en una bona colla de punts i, fins i tot, els noms tenen diferències en funció de l'investigador o de l'historiador. No és gens estrany trobar que Zóser també és Djoser, que Jefren és Kefren o que el propi Snefrú sigui Snerefu. Com tampoc és d'estranyar que el nom de les ciutats varïi. Men-Nefer és Menfis, però també és Ineb-Hedy, depenent de l'època o de qui va deixar constància dels esdeveniments. I a tot això s'hi ha d'afegir l'helenització i la romanització. De manera que Iunu esdevingué Heliòpolis amb l'arribada dels soldats grecs comandats per Alexandre el Gran. Tanmateix, Iunu també és Iwnw i Jemenu és Hermòpolis, en honor a Hermes, que no és altre que Toth, déu de la saviesa, de les arts i les lletres i patró dels escribes.

Seria molt llarg establir tots els punts de divergència que toquen, a més a més, el grau de la cultura i de la ciència d'aquest poble nascut de la prehistòria que va assolir un nivell impensable en aquells dies. Algun historiador diu que no sabien multiplicar ni dividir, sinó que ho feien per sumes i restes successives. D'altres parlen d'operacions matemàtiques i hi ha qui basa les seves hipòtesis en el fet que el nombre π havia de ser conegut perquè surt de la divisió de les proporcions de les piràmides. Però, allò que és innegable són els monuments, els temples i les construccions que ens han llegat, mostra d'un art que esdevingué únic i inconfusible. Naturalment, tothom distingeix a l'intant una pintura, una escultura o, fins i tot, una mostra de la seva escriptura.

Sigui com sigui, allò que sí és cert és que entre la III i la IV dinastia (n'hi va haver més de trenta) es va produir un canvi fonamental. Djoser, fundador de la III, tenia com a visir un home d'una intel·ligència fora de tota norma. El seu nom era Imhotep. Arquitecte, artista, metge... un vertader Leonardo da Vinci que va ser divinitzat i que els grecs van assimilar a Esculapi. Aquest home, d'origen humil, va ser el primer a emprar la pedra per construir les piràmides. Només que, en aquell temps eren graonades, és a dir, es feien a partir de la superposició de mastabes, sent la mastaba una tomba simple, una construcció d'un sol nivell, rectangular.

En estrocar-se la III dinastia, amb la mort d'Huni, i encetar-se la IV, amb l'entronització d'Snefrú, és quan la ruptura esdevé més palesa. Aquí, justament aquí, apareixen les grans piràmides de costats rectes, tal com les coneixem ara. D'aquesta època són la primera piràmide romboïdal d'Snefrú i les posteriors del seu fill Kheops i dels seus descendents Kefren i Micerí. A aquesta mateixa època correspon la famosa esfinx. Després d'ells, cap piràmide les ha igualades.

Com sempre, la història depèn de qui l'escriu i en aquella època la cultura i l'escriptura no eren a l'abast de tothom. La classe sacerdotal hi tenia molt a dir i es dóna la paradoxa que Kheops va ser maltractat per la història, malgrat que és qui ha deixat major rastre al darrere. Mentre que Snefrú ha passat a la posteritat com un gran monarca.

Allò que el lector trobarà en les pàgines següents és una novel·la. La història de l'època d'un faraó, Snefrú, que va regnar des de l'any 2613 fins al 2589 aC., va trencar motlles i va establir la sòlida base que va permetre que l'imperi romangués durant tres mil·lenis, traspassés les fronteres del temps i arribés fins a nosaltres en forma de monuments funeraris erigits per a tota l'eternitat.

D'aquesta època ens arriben uns misteris que encara ningú no ha acabat d'explicar. La piràmide romboïdal n'és un. Quan s'analitza, no s'entén perquè el pendent canvia a mitja altura, ni perquè hi ha dues galeries interiors, una de superior i una d'inferior. De fet, Snefrú va manar construir una segona piràmide, un xic més al nord, i va ser com les que coneixem, amb els costats rectes. Alguna explicació ha d'existir i si no era tècnica, com els càlculs demostren, bé ha de ser d'alguna altra naturalesa i ¿quina millor, que una explicació simplement humana?

Durant la IV dinastia es produeix un altre fet cabdal. Per primer cop s'assoleix el poder absolut del faraó. Aquest gir de la història serà determinant per als períodes següents. Però, com s'hi va arribar?

Escriure novel·les històriques és endinsar-se en la ment de l'home de temps passats, és cercar les raons més enllà de les purament socials o econòmiques o guerreres, més enllà de les dates i dels llocs. És donar una ullada a l'ànima per tal de poder aplegar el sentiment al pensament i a l'acció, única manera de comprendre com eren, com vivien, com sentien i quines eren les seves preocupacions. Llavors és quan apareix el vehicle que condueix els esdeveniments i els dota d'un lligam lògic, posa paraules als llavis, pensaments al cap i omple el cor de desigs.

Al llarg d'aquesta història es trobaran termes que ens són estranys. Unitats de mesura, com el *meh* o el *khet*, unitats de bescanvi, com el *khar* o el *shat* o el *zites*, que no tenen traducció. En aquella època encara no existia el concepte de moneda, però sí que disposaven d'una unitat bàsica a la qual tot es referia. Per això, s'ha afegit un petit diccionari que pot ser consultat en tot moment. Allà es descobrirà que el *khar* equival a 76,88 litres de gra o que un *shat* són 7 grams d'or, d'argent o de coure o que el *meh* equival aproximadament a mig metre de longitud.

Tant de bo, algun dia, arribem a conèixer, lluny de la màgia i del misteri, totes i cadascuna de les raons que van conduir uns homes que sortien de la prehistòria a construir una de les set meravelles del món. Potser, llavors, descobrirem molts enigmes i entendrem millor per què som on som i per què som com som.

L'AUTOR

MAPA D'EGIPTE

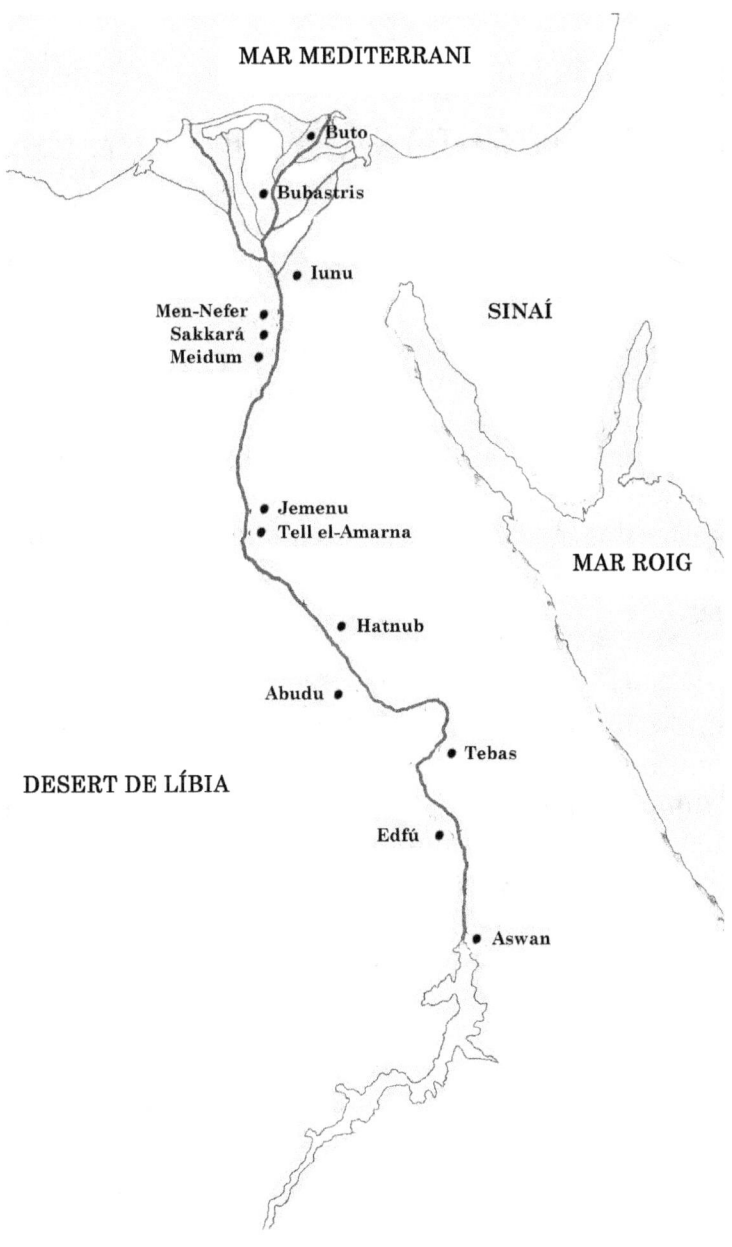

MAR MEDITERRANI

SINAÍ

MAR ROIG

DESERT DE LÍBIA

• Buto

• Bubastris

• Iunu

Men-Nefer •
Sakkará •
Meidum •

• Jemenu
• Tell el-Amarna

• Hatnub

Abudu •

• Tebas

Edfú •

• Aswan

PETIT DICCIONARI DE TERMES

Akit: Estació que correspon a les inundacions de les terres pel Nil

Aura: Unitat d'extensió de la terra, equivalent a 0.35 hectàrees

Deben: Unitat de bescanvi equivalent a 90 grams d'or, de plata o de coure

Hamsin: Vent calent del desert

Hawa: Vent fresc del desert

Heket: Ceptre del poder del faraó

Jemenu: Ciutat a 20 Km. de Tall al-Amarna. Actualment Al-Asmunayn

Ka: Ànima o esperit

Khanisut-kha-bit: Cerimònia de coronació del faraó

Khar: Unitat de mesura, equivalent a 76.88 litres de gra

Khet: 100 meh lineals

Meh: Unitat de mesura. Equival a 523 m/m o 7 pams o 28 dits

Men-Nefer: Actualment és Menfis

Nomarca: Governador d'un nomo

Nomo: Districte. Alt Egipte: 22 nomos. Baix Egipte: 20

Peret: Estació que correspon a la germinació

Pszheut: Símbol de les dues corones d'Egipte (l'Alt i el Baix)

Shaduf: Artilugi per treure aigua del Nil

Shat: Unitat de bescanvi equivalent a 7 grams d'or, de plata o de coure

Shedeh: Beguda espirituosa dolça de color vermell

Shema: Estació que correspon a les collites

Stat: 100 meh quadrats

Visir: Principal autoritat després del faraó

Zet: Eternitat

Zites: Unitat de bescanvi equivalent a 9 grams d'or, de plata o de coure

1.- EL NOBLE I l'ESCLAU

La caravana es va aturar al peu de les muntanyes del Sinaí, a prop de la mina de turqueses. Mentre la llarga filera de viatgers esperava, l'oficial en cap estudià el terreny. La plana era ampla, flanquejada per dos petits turons, i al fons de tot s'aixecava un mur de pedra. Un bon lloc, decidí. No seria difícil establir els punts de vigilància i de defensa. De manera que es tombà i ordenà plantar el campament. Tothom arribava cansat i brut per la pols del desert i amb el desig de beure, de menjar i de dormir.

Khuta, el mercader, un home baix i prim, amb el nas afilat i punxegut que apuntava cap al terra, marxava al capdavant, al costat de l'oficial, i, tan bon punt van triar l'emplaçament, va instruir Nianjkaf, l'eunuc gras, rodó, enorme, afemellat i amb una veu cridanera i prima, per tal que tingués cura de tot mentre ell s'atansava fins a la mina.

Sis mesos enrere Khuta havia abandonat Egipte amb un carregament de teles, papirs i tinta i ara hi retornava amb perfums, olis, or i espècies. La meitat dels guanys serien per al gran faraó Huni, senyor de totes les terres del Nil, l'única persona del regne que, segons la llei, pot comerciar amb els estrangers, i ell, el mercader Khuta, igual que els altres, havia de pagar el tribut corresponent.

Però ningú no l'impedia de treure'n el major profit i comerciar amb els responsables de l'explotació dels jaciments de turqueses per mirar de bescanviar perfums per pedres precioses, de la mateixa manera que les esclaves li havien proporcionat beneficis durant tota la travessa d'aquelles terres i encara omplirien un xic més la seva bossa abans d'arribar a la Mar Roja i prosseguir cap a l'oest, cap a Iunu, on agafaria un vaixell i pujaria pel Nil fins a Men-Nefer, la capital de tot l'Egipte, de l'Alt i del Baix.

Ja feia ben bé un parell de setmanes que havien abandonat els dominis d'Agga, i quan van entrar en el desert el viatge esdevingué llarg i penós sota un sol abrusador, amb unes nits fredes i un vent anguniós i ressec que aixecava un polsim que els obligava a cobrir-se la boca amb una tela i caminar amb el cap baix. Els soldats marxaven en tres grups. El primer al front, el segon a la cua, protegint la reraguarda, i el tercer controlant els flancs i movent-se al llarg de la caravana.

Nianjkaf, l'eunuc, seguint el mateix ritual de cada dia, reuní les onze esclaves i les vigilà com si fossin el seu ramat i ell el gos d'atura. Khuta pagava bé l'oficial. Per això anava al capdavant i, només aturar-se la caravana, uns soldats l'ajudaven a plantar la tenda. Mentre, Nianjkaf feia seure les esclaves i esperava ansiós que la feina fos enllestida. Llavors, sense que cap d'elles s'hagués descobert la pell, per tal que es mantingués blanca i immaculada, les manava entrar i ell s'asseia a la porta, i d'allà no es movia fins que el seu senyor no prenia el comandament i cobrava dels soldats els serveis de les dones. Després, en arribar a Egipte, Khuta les vendria al mercat i la meitat dels beneficis seria per al gran Huni. Però d'aquests guanys del viatge, el faraó no en veuria res, perquè res no hi havia anotat als papirs dels comptes.

Quan tot va ser a punt, Nianjkaf va ordenar entrar les dones i va apartar Nàtia, una noia de tretze anys, també amb una pell blanca i immaculada com el lli que empraven per fer les teles, però amb el rostre esgarrat. Tenia el nas trencat, no hi veia gaire d'un ull, li mancava bona part de les dents i una ampla cicatriu creuava la seva galta dreta. Ella cuinava i tenia cura de rentar la roba de les seves companyes, obeïa totes les ordres i ningú no se la mirava.

—Si me les compres totes, te la regalo —li havia dit, a Khuta, el tractant que li va vendre les esclaves.

—Què vols que faci amb ella? —havia rigut el mercader, menyspreant el que ell considerava una deixalla.

—És molt llesta i sap moltes coses. Cuina com ningú, coneix els animals i és obedient.

Se la va endur, perquè era un regal. Va ser enmig del desert que va descobrir que no parlava la seva llengua, però que era capaç d'entendre'l amb signes i, després d'uns dies, repetia algunes paraules. A més, tenia l'avantatge que podia bellugar-se per tot el campament i cap dels soldats la desitjava. Nianjkaf, un cop plantada la tenda, li ordenava portar aigua per a què les altres poguessin rentar-se, i la feia dormir apartada, en un racó de la tenda, amagada per una cortina.

Aquella nit, va tenir lloc un fet inusual. Quan les tendes ja eren plantades i la gent sopava, dos esclaus de les mines, aprofitant l'enrenou creat per l'arribada de la caravana, van esperar que l'atenció dels guàrdies es dirigís cap a la novetat i fugiren. Els focs cremaven enmig del campament i el sol s'havia amagat darrere l'horitzó per deixar els seus dominis a una lluna creixent que rebia la companyia de les estrelles. Es va iniciar la recerca i, fins i tot, el responsable de la mina va demanar a l'oficial de la caravana d'escorcollar totes les tendes. Però per més que van remenar, res no van trobar. Els esclaus no hi eren.

—Deuen d'haver fugit cap al desert —va dir l'oficial.

—Doncs, allà moriran —respongué el responsable de la mina i ordenà posar guàrdies a les portes del desert.

Poc després, el campament restava de nou en silenci. Nàtia s'estava en un racó de la tenda, protegida de les mirades i impedida de veure-hi res. A través de la cortina podia escoltar els gemecs de plaer i els beixos dels soldats que s'atansaven per apaivagar la cremor dels testicles. Algun cop l'havia aixecada, la cortina, i havia aguaitat tímidament, durant uns instants, com els cossos despullats s'abraçaven i es fregaven, com les mans corrien i com els llavis se cercaven. Llavors, havia desitjat ser una d'aquelles dones i rebre les carícies dels soldats, però, per a ella, tot eren crits i cops.

Com cada nit, Nàtia va tancar els ulls i va somiar de nou que el seu rostre era normal i que reia amb les altres. Només en aquest univers, al seu interior, tot apareixia amb els colors del seu desig. De mica en mica, sense adonar-se'n, s'adormí.

No seria capaç de dir quanta estona portava quan, de sobte, un soroll la despertà. La tela de la tenda es movia i la llum de la lluna, durant un instant, es filtrà per sota, ensems que, abans que pogués reaccionar, un cos s'arrossegà fins a ella, li tapà la boca, la tombà d'esquena, l'embolcallà i l'obligà a restar quieta: la cobejava completament. Una olor a suor i uns braços grans l'envoltaven i l'impedien tot moviment. Espantada, no va gosar moure's ni un pèl. Les altres esclaves reien, parlaven i feien les delícies dels soldats que havien pagat el preu d'una estona de plaer.

Nàtia va escoltar un xiuxiueig, a cau d'orella. No va entendre cap de les paraules pronunciades en una llengua que li era ben estranya, però va copsar el to de súplica, deduint-hi que no li faria cap mal, que només volia que l'amagués, i es va relaxar.

Ella havia pertangut a una família lliure de Babilònia. Era esclava per circumstàncies de la vida, per una guerra, perquè el vencedor tria i agafa allò que més li convé. Havia nascut de bona casa, però els soldats del rei de Mesopotàmia, després de conquerir el seu poble, van prendre totes les nenes i se les van endur com a botí del vencedor. Ella va intentar fugir i va caure. Llavors, un soldat la colpejà fins deixar-la estesa i coberta de sang. Com se'n va sortir? Per pur miracle, perquè un tractant d'esclaus va pensar que li serviria, perquè la seva esposa necessitava d'una noia que l'ajudés amb el bestiar, i com no li costaria res perquè ja la donaven per morta, se la va endur. D'això ja feia tres llargs anys. Durant aquell temps Nàtia va viure amb els gossos, les ovelles, les vaques i els porcs. Menjava i dormia amb ells i va aprendre a estimar-los i a guarir-los. Ells, els animals, eren els seus únics companys. Era intel·ligent i desperta. Fins i tot, els veïns arribaven amb el seu gos o un cabrit o una ovella per demanar-li que arreglés una pota trencada o els receptés alguna herba per avivar-los la mirada o per llustrar-los el pèl. Però, l'esposa del tractant deia que no li agradava tenir-la a casa, malgrat que era obedient. Tothom que la visitava feia comentaris sobre la seva cara. Finalment va arribar Khuta, l'estranger de les terres llunyanes, i a ella la van rentar i la van incloure dins d'un lot d'esclaves.

Ara, aquell home l'abraçava. No en sabia ni el nom. Només sabia que era un esclau amb desig de llibertat. Tal vegada, com ella, en altre temps també fou lliure. Aquest pensament, i la veu càlida de l'esclau, van aconseguir que ella s'abandonés i, fins i tot, cerqués la calor d'aquell cos masculí. Feia tant de temps que ningú no l'abraçava, que no rebia ni tan sols una paraula amable... Havia viscut gairebé engabiada, bruta i entre animals, escoltant únicament la veu de la dona del tractant, i se sentia estranya i un xic excitada amb la flaire que es desprenia d'aquells braços forts i poderosos. L'esclau afluixà la pressió de les seves mans i, en veure que Nàtia no oferia cap resistència, també es va relaxar.

No hi van haver paraules, perquè els podien sentir. No es podien veure el rostre, perquè tot era fosc. Eren dos esclaus, dos desheretats de la fortuna perduts enmig del desert.

La mà que l'havia pres per la cintura va pujar lentament fins atrapar-li els pits, petits i durs, gairebé el primer esclat de dona, i els acaronà per damunt de la tela, fregant-los i prement-los cada cop amb més desig, pessigant-li amb tendresa els mugrons com si els dits prenguessin la forma d'uns llavis i els xuclessin amb deler, mirant d'allargar-los. Ella s'espantà, però el va deixar fer, perquè no hi havia violència, sinó desig, perquè no hi havia rebuig, sinó plaer. Estava d'esquena a ell i va sentir el contacte dels llavis damunt del seu clatell, l'alè càlid i humit que li baixava per l'esquena. Sensacions mai no desvetllades li van arribar de ben endins del seu cos i la van trasbalsar. Va remugar un xic i la mà de l'esclau abandonà els pits, es posà damunt el seu maluc i li va recórrer la cuixa, lentament, fins gairebé el genoll. Allà es va aturar i els dits, amb agilitat, van rebregar la tela del vestit per, després, a pell nua, prosseguir cap a l'interior i tornar a pujar per, finalment, atrapar-li l'entrecuix, separar-li els llavis i fregar-li les carns més íntimes. Una escalfor li va encendre els sentits, i es va adonar que se sentia humida. Ara notava una duresa ferma que semblava créixer i la colpejava per darrere, rítmicament, mentre la respiració d'aquell home cada cop era més agitada.

De nou va sentir por. La mà de l'esclau abandonà per un moment la presa i tornà enrere per aixecar plenament el vestit. Nàtia va sentir el contacte directe d'aquella cosa dura que la temptava a través de la tela. Poc després, l'esclau l'obligà a aixecar una cama i la duresa que la colpejava es va esmunyir entre les seves cuixes, li obrí les carns i li esgarrà les entranyes. Van ser instants de terror, durant els quals va voler cridar, però la mà a la seva boca li ho impedia. Li feia mal. El cap se li enterbolí. Notava que el seu interior es movia al mateix ritme que les embranzides que rebia d'aquell home. Desitjava que allò no passés i, ensems, que no s'aturés. L'esclau la va abraçar amb força, li va abaixar el cap, plegant-la, la prengué per les espatlles, l'obligà a posar-se de quatre grapes i la cavalcà com Nàtia havia vist que feien els animals, cada cop més ràpid. Tot d'un plegat, el cos de l'esclau es va arquejar i així romangué una estona, per, finalment, acabar relaxat damunt d'ella. De mica en mica, l'opressió que sentia al baix ventre s'afluixà, i ambdós van restar quiets i en silenci, a la foscor. Tot havia conclòs. L'esclau es retirà, sense descobrir-li la boca, i l'abraçà de nou. Nàtia va tancar les cames i es cobrí el pubis amb les dues mans. Li havia fet mal, molt de mal, però no es queixà. Tenia por, molta por. Una humitat enganxosa li regalimava i l'embrutava. Va allargar la mà, prengué un petit tros de tela i se'l va posar entre les cames.

Força estona després, just abans de l'albada, mig entre somnis va escoltar que l'home aixecava de nou la falda de la tenda. Es va tombar i va copsar que esguardava l'exterior. Ell va somriure, li va dir alguna cosa en aquella llengua estranya i va desaparèixer. Llavors, amb la mica de llum que es filtrava per sota el tendal, va descobrir que el tros de tela estava tacat de sang. Es va espantar, però, l'endemà, mig morta de por, es va estimar més no fer cap esment d'allò que li havia arribat durant la nit.

De bon matí la caravana, va prosseguir el viatge cap al Nil i Nàtia mai més no va saber res d'aquell esclau, company d'infortuni, d'aquell home que li havia fet descobrir sensacions ignorades i que li havia esgarrat la part més íntima del seu ésser. Potser va morir?, tal vegada va aconseguir la seva llibertat? Vés a saber.

Iunu era una gran ciutat, rica i neta. Sobretot neta. Això va ser el que més va sobtar Nàtia, que els egipcis sentien vertadera obsessió per la pulcritud. Durant el viatge ja s'havia fixat que Khuta, tot i ser un home, cada matí, abans de la sortida del sol, iniciava un ritual que començava amb les dents i acabava amb les ungles dels peus, malgrat que després d'una caminada pel desert el seu treball no havia servit per a res.

Aquella nit les esclaves van descansar. Khuta no parava de repetir que havien d'estar ben maques. L'endemà Nàtia i l'eunuc van esmerçar una bona estona en arreglar-les i deixar-les ben polides per acabar triant els millors vestits, i no es van aturar fins no rebre l'aprovació del mercader, que tot cofoi va replegar el seu ramat i es dirigí cap a la plaça on va exposar la seva mercaderia i, abans del migdia, ja n'havia tret uns bons guanys.

Dos dies després Khuta va llogar un vaixell i van navegar pel Nil, amb la vela desplegada i altiva que semblava dominar els enormes camps de conreu. Nàtia no va deixar de sorprendre's en tot el trajecte, fins atrapar el port de Men-Nefer, la ciutat fundada per Menes, el primer faraó de la primera dinastia.

Les terres del Nil eren riques, immensament riques, amb una verdor que atrapava fins on la vista es perdia. I al fons de tot, el desert. L'única cosa que Nàtia va poder veure va ser el port, perquè van desembarcar d'immediat i ella va ser conduïda per Nianjkaf a casa del mercader, caminant de pressa pels carrers, a empentes.

Nait, l'esposa de Khuta, era una dona grassa i enèrgica, dominadora i cridanera, que es va mirar l'esclava amb una barreja de fàstic i menyspreu i la va olorar com si fos un peix per, finalment, fer-la seure en un racó del pati que hi havia darrera la casa d'una sola planta i no dirigir-li més la paraula. Nàtia s'hi va estar quieta i espantada, sense gairebé gosar aixecar la mirada per contemplar l'immens blau del cel, fins que va arribar l'amo.

—Per què l'has portada? —va fer Nait, plantada davant del seu marit, amb les mans posades als malucs i desafiant—. Què vols que faci amb això?

—No n'has de fer res —va riure Khuta—. Cuina bé i me l'enduré amb mi, cap al sud. Pujaré fins a Aswan, per vendre els perfums. Llavors, compraré fusta, la baixaré pel Nil i serem rics. Procura que mengi i estigui ben forta. El viatge és llarg.

Unes setmanes més tard, amb part de la mercaderia i després d'haver pagat el tribut al faraó, Khuta llogà un vaixell i se n'anà cap al sud, enduent-se l'esclava i l'eunuc.

Durant els més de vint dies que va durar la travessa, Nàtia va restar amagada, per tal que ningú no la veiés. Per primer cop sentia veritable vergonya del seu aspecte. El poc que havia vist li havia mostrat que els egipcis eren un poble culte i net que gaudia de la bellesa, però rebutjava amb vehemència tot allò que li ofenia la vista. Per això Nait la menyspreava i la va tenir amagada tot el temps en un petit cobert del pati i ara només podia contemplar les terres riques del Nil a través de la petita finestra del vaixell i no va desembarcar fins arribar a Aswan.

*** ***

El noble Jeti era nomarca de la regió de l'Elefantina, a l'Alt Egipte, just abans de la primera cascada, a la frontera amb Núbia. El seu palau ocupava un petit turó enmig de la ciutat i des de la finestra de la sala principal, la quina servia d'audiències, podia contemplar la plana i el port i controlar totes les entrades i les sortides. Des de feia cinc anys estava casat amb Fertare, una dona formosa i delicada per la qual sentia adoració.

Aswan era una ciutat petita, envoltada per muralles construïdes amb tova d'argila. Els carrers eren estrets i disposava de dos mercats. L'un, tot just al costat dels vaixells, servia per comerciar amb el nubis, que no podien entrar al recinte protegit, i per a què el mercaders procedents de les terres baixes del Nil poguessin descarregar i vendre els seus productes. Allà també hi acudien els artesans de la ciutat i exposaven les catifes, els gerros i les peces de fusta tallada. Dintre de la ciutat hi havia un altre de més petit, aquell que servia per comprar els aliments.

Sota els designis del nomarca d'aquelles terres, Aswan havia guanyat terreny als immensos boscos i havia crescut, passant de ser un simple assentament a ciutat que floria i ja apuntava trets que auguraven que esdevindria un centre de bescanvi de mercaderies tan gran i tan important com la pròpia Buto que, a la riba mediterrània, rebia la visita dels vaixells fenicis i acollia les caravanes de l'est. Només calia mirar i descobrir pertot arreu que el blau, el banús i l'ivori eren els colors dominants, símbol de la riquesa i del luxe.

Aquell matí Jeti estava content. Havia rebut la bona nova. La seva esposa tornava a estar embarassada. Ja era el quart cop que ella intentava ser mare, els altres tres frustrats, i ell començava a ser gran, però, en aquesta ocasió, els metges deien que tot anava diferent. No obstant, havien aconsellat repòs absolut en tots els aspectes, i oracions.

—Ha arribat un vaixell. Diuen que porta perfums i joies. M'atansaré al port per fer una ullada a les seves mercaderies —va dir Fertare.

—Envia una serventa. Ja has sentit els consells de Khufu. Tu no t'has de bellugar.

—Ordenaré que els esclaus em duguin amb la llitera i no em mouré per a res.

Jeti remugà, però, davant la insistència de Fertare, accedí i dos esclaus la van baixar fins al Nil i la van passejar per les parades del mercat.

L'arribada d'un vaixell procedent de Men-Nefer sempre representava tot un esdeveniment per als habitants de la ciutat més allunyada de l'imperi que més al sud només comptava com a veïna Núbia, la terra dels homes negres, d'aquells salvatges que no gaudien del refinament i de la cultura. Per això, al mercat augmentava la cridòria amb el pregó de les novetats.

Fertare ordenà els esclaus que avancessin i les dones i els homes que omplien la plaça, en veure la llitera i reconèixer la personalitat de qui hi viatjava, es van apartar amb una barreja de respecte i d'enveja.

L'esposa del nomarca va menysprear totes les ofertes que els comerciants li cantaven i, en arribar a les estores que Khuta havia desplegat per mostrar els flascons de perfums i olis, les joies, les pedres precioses i les espècies, va fer un senyal per a què els esclaus s'aturessin. El comerciant de Men-Nefer abandonà d'immediat una clienta, s'atansà a la llitera i atorgà a Fertare la més gran de les reverències mentre amb un gest prou eloqüent la convidava a visitar la seva parada. La noble senyora deixà la llitera i es va apropar atreta pels petits recipients que contenien els perfums. En va destapar un i va sentir com s'enlairava l'essència més delicada dels pètals de les roses amb esgarrapades de gessamí i pessics de lliri. Mai no n'havia olorat cap com aquell.

—Què en demanes? —preguntà.

—Dos *shats* de plata, per a tu, senyora.

—És molt car —va fer l'esma de deixar-lo.

—Té el poder de tornar folls els homes —contestà Khuta amb un somriure picardiós—. Unes gotes i el teu marit viurà uns instants d'eterna felicitat, com si caminés damunt la mar blanca dels núvols del cel i els déus li atorguessin la benedicció del plaer etern.

—Dos *shats*, però de coure.

Khuta era intel·ligent. No podia discutir amb l'esposa del nomarca i, si ella comprava, les altres dones que romanien pendents de la conversa també ho farien. De manera que va inclinar respectuosament el cap i va acceptar.

A una ordre d'ella, l'esclau que caminava al seu costat va pagar el preu i va prendre el flascó. Després Fertare va examinar algunes joies.

—Les he dut de Mesopotàmia i són d'or finíssim... Aquest anell ha pertangut a una de les filles del poderós Agga... aquesta altra diuen que gaudeix de poders misteriosos... i el collar que tens a les mans envoltava el coll d'una dansaire que tornava folls els homes amb una sola mirada... Oh! Un braçalet digne del canell d'una reina... —no parava d'exaltar la qualitat de cadascun dels objectes que tocava la mà de Fertare.

Malgrat tot, la dona del nomarca no va trobar res que fos del seu grat. De manera que es tombà i es dirigí cap a una altra parada.

Caminava distreta, embruixada per les mercaderies que se li oferien a la vista. De sobte, va ensopegar amb una taula i va caure. Els dos esclaus apartaren els curiosos i es precipitaren sobre ella. S'havia torçat el turmell i es queixava de dolor. La van alçar i la van posar de nou a la llitera. Jeti els castigaria per haver deixat que la seva ama s'aixequés. Fertare va sentir una punxada al ventre i s'arraulí. Unes dones es van oferir per tal d'ajudar-la i els esclaus les van rebutjar.

Llavors, va aparèixer Nàtia, que havia presenciat l'escena asseguda al costat de les estores, mig amagada i amb el rostre cobert amb una tela que va deixar caure en aixecar-se. Abans que ningú no pogués aturar-la, va descobrir la cama de Fertare i va cercar un punt, just per sota del genoll, i amb el dit índex féu una lleugera pressió. Fertare, en veure-li la cara, es va espantar, però com la noia actuava amb tanta seguretat la va deixar fer. Els dos esclaus no sabien com reaccionar i es van quedar clavats, mentre algunes dones feien comentaris i s'esparveraven davant la monstruositat d'aquelles faccions.

—Fuig d'aquí, estúpida! —la va voler apartar Khuta, que havia vist l'acció de l'esclava i es precipità damunt d'ella.

—No —es va sentir la veu de Fertare, que ja havia notat un cert alleujament, i Khuta s'aturà.

L'esclava va seguir treballant aquell punt de la cama i l'esposa del nomarca va descobrir que el dolor es calmava. Després, Nàtia va prendre una ceba, la tallà i l'aplicà damunt del turmell, per acabar cobrint-ho amb fang.

—Com et dius? —va demanar Fertare.

—No parla gaire la nostra llengua —s'avançà Khuta, amb una reverència i un somriure comercial—. És llesta, però. És una pobra desgraciada, noble senyora, i la porto perquè sap cuinar i guareix els animals.

—Quin és el teu nom? —repetí la pregunta Fertare.

—Nàtia, senyora —respongué l'esclava.

—Així, doncs, parles la nostra llengua?

—Poc, senyora.

—Saps que ja no me'n sento, de la torta?

—Dos dies, senyora. Dos dies... fora —va senyalar el pegot de fang i féu un gest donant a entendre que l'havia de mantenir durant dues jornades.

Després Nàtia va senyalar el ventre de Fertare. L'esposa del nomarca també s'havia queixat.

—Estic embarassada —va dir Fertare.

L'esclava va posar la mà damunt l'estómac de l'esposa de Jeti, va tancar els ulls i escoltà amb molta atenció, tal com feia amb les ovelles. Finalment, va dir:

—Bé, bé —i va tornar a assenyalar el ventre de la dona.

Khuta, veient el somriure de Fertare, aprofità l'ocasió. Se li acabava d'ocórrer una idea per obtenir més guanys. Va alçar la veu i va dir:

—Ja t'he dit, noble senyora, que és molt llesta. No hi ha ningú en tot l'Egipte que conegui els seus remeis i guareix qualsevol animal. És una saviesa que ha après a Mesopotàmia. La seva fama s'estén per totes les ribes del Nil... —i va seguir venent la nova mercaderia a tot aquell que el volia escoltar.

Fertare somrigué, acaronà la galta de l'esclava, va prendre un *shat* de coure i li ho va donar. A una ordre seva, els esclaus van aixecar la llitera per marxar, però només caminar unes passes es va tombar i va veure que Khuta ja li havia pres el *shat* a l'esclava i l'apartava amb una empenta. Llavors, els va ordenar que s'aturessin.

—Quan vols, per ella? —va preguntar.

—Oh, noble senyora! És una esclava molt valuosa —es va inclinar Khuta en una llarga reverència, mentre prenia Nàtia per les espatlles i gairebé l'abraçava—. No em podria desprendre fàcilment d'ella.

—Sí, ja ho he vist, que te l'estimes molt. Tres *shats*.

—És molt llesta i és obedient.

—Tres *shats* d'or.

—D'or? —se li tallà la respiració a Khuta.

—Aquesta tarda la vull a palau.

—Oh, noble senyora! Els teus desigs són ordres, malgrat que em sabrà molt de greu perdre-la, perquè ja fa molt de temps que em serveix —es va inclinar de nou el mercader, i va seguir parlotejant i parlotejant fins que la llitera no desaparegué.

Tres *shats* d'or! Els déus, tots els déus, l'havien beneit. Qui s'ho podia pensar que vendria aquella deixalla? I per aquell preu!

Quan el sol començava a caure el mercader es dirigí a palau, va lliurar l'esclava i va rebre l'or a canvi d'una mercaderia (com deia ell) esgarrada.

*** ***

Nàtia entrà al servei de l'esposa de Jeti. Li faria companyia i tindria cura que no li faltés res i que no fes cap esforç. Fertare ordenà que li proporcionessin vestits i que ningú, sota cap concepte, gosés importunar-la ni, menys encara, riure's del seu aspecte ni de la seva cara. Per primer cop, la tractaven amb respecte.

A partir d'aquell instant, Nàtia, que era obedient i amable, va restar pendent a totes hores de l'esposa del nomarca, com un gos als peus de la seva ama. Fins i tot, l'endemà, quan Fertare va obrir els ulls, el primer que va veure no van ser ni els cortinatges que coronaven el seu llit ni les columnes del més fi alabastre ni les escenes de jardins pintades als murs de l'estança ni la llum del sol que li arribava a través del generós finestral que mirava cap a l'est, sinó el rostre de l'esclava. Llavors es va assabentar que Nàtia s'havia estimat més dormir a la porta de la seva cambra, que no pas amb les altres serventes, per si la seva ama havia de menester alguna cosa, i va sentir un gran amor per ella.

Dos dies després Fertare era al jardí, estirada a l'ombra, al costat de la bassa de nenúfars que li proporcionava un bàlsam davant la calor, que una serventa es va presentar. Tothom coneixia l'estimació que sentia per la nova esclava i aquella dona no sabia com dir-li allò que acabava de descobrir.

—Noble senyora. L'esclava... —va fer, i abaixà el cap.

—Què passa amb Nàtia? —preguntà Fertare.

—Em temo que està embarassada —respongué la serventa, gairebé amb por.

—Què dius? Però, si és una criatura! —es llevà l'esposa de Jeti i la llum del sol ferí els seus ulls que s'havien obert de bat a bat.

—Noble senyora, tinc tres fills i sé de què parlo. De matinada s'ha aixecat marejada i ha vomitat, la mirada li canta i, quan es banyava, he vist que la pell dels pits la té ben tibant.

—Com és possible?

La serventa arronsà les espatlles. Ella tampoc no s'ho explicava. Amb aquella cara que feia por, qui podria gosar tocar-la?

—Deus d'estar equivocada. Fes-la venir.

Nàtia, espantada, va interpretar la fúria de la seva senyora com el senyal que el càstig cauria damunt seu i no va respondre cap de les preguntes de l'ama. Llavors, Fertare va cridar el metge, que la va examinar i va confirmar les sospites de la serventa. Estava embarassada.

Assegut a la cadira de la més alta autoritat, havent interromput una audiència amb un súbdit, Jeti va escoltar la seva esposa enfurismada que parlava com si ella fos la ultratjada i no pas l'esclava. Dins la sala només hi eren el matrimoni, el metge i els dos soldats de guàrdia. Mentre sentia el relat, el nomarca pensava que, després de tot, pel preu d'una esclava tindria, a més a més, un nou esclau. De què s'havia de queixar? Ja era prou miracle que algú s'hagués agitat amb aquell desastre! Però, Fertare s'estimava de debò Nàtia, perquè era dolça com la mel, obedient i abnegada.

—La llei és clara —va replicar—. L'esclau pertany al seu senyor i pot ser castigat per alguna malifeta, però no ha de rebre maltractaments i té dret a denunciar-lo.

—Ella no ha presentat cap denúncia —somrigué Jeti.

—Com vols que ho faci? Estrangera, en un país on no coneix ningú, ni sap les lleis, ni res de res... No veus que està morta de por? —va fer l'esposa—. A una esclava se la pot fuetejar, però deixar-la embarassada no és cap càstig.

—I tant que no és un càstig! —rigué Jeti—. En el seu cas és un miracle. Si només cal mirar-li la cara. Qui s'allitaria amb ella?

—Has de castigar el culpable.

—Que t'has begut l'enteniment? És una esclava. L'amo pot fer amb ella allò que li vingui de gust. Què vols?, que tothom se'n rigui de mi?

—Doncs, llavors, demano justícia. El mercader m'ha enganyat, m'ha venut una mercaderia esgarrada i ha de pagar.

—Entesos —cedí Jeti, desesperat, i ordenà—: porteu-me aquest mercader.

El soldat va trobar de seguit Khuta, que ja havia venut tota la mercaderia, havia tret un bon pessic i havia comprat cereals, fusta i marfil, però no havia marxat perquè encara no havia acabat de carregar els vaixells.

—Què vol de mi? —preguntà el comerciant, però no va rebre cap resposta del soldat. Les seves ordres eren conduir-lo a palau i prou.

Quan va ser a presència del nomarca, el pobre desgraciat no entenia res de res. L'eunuc Nianjkaf l'acompanyava.

—Què significa això, que espera un fill? —va fer Khuta, esmaperdut.

—Doncs que està embarassada —va respondre Jeti —. Ho vols més clar?

—És impossible —esclafí a riure el mercader—. Nianjkaf va tenir cura d'ella durant tot el viatge des de Mesopotàmia, a casa va ser amb la meva esposa, durant el viatge pel Nil no va abandonar ni un instant el vaixell i aquí, a Aswan, només va sortir per venir a palau.

—Llavors?

—El totpoderós Jnum, creador de l'univers, sap que no menteixo, noble senyor —de sobte, el mercader va empal·lidir—. No pensaràs que jo...? Nianjkaf no la va perdre de vista ni un instant. És impossible. Com vols, noble senyor, que ni tan sols me la mirés? Qui gosaria tocar-la? Jo, no. T'ho juro per tots els déus. Li has vist la cara?

—Llavors, ha estat ell —va assenyalar Jeti l'eunuc.

—Jo? —va tremolar l'eunuc i es tombà cap al seu amo—. Com... com... com puc haver estat jo, senyor? Jo no... —va fer un gest prou significatiu, mirant-se la part baixa del ventre—. Pregunta-li a ella.

—Com vols que ho faci, si gairebé no parla la nostra llengua? —va replicar Jeti—. Tot just diu quatre paraules.

—Poso a Jnum per testimoni que dic veritat —va fer Khuta—. Ho juro pel més sagrat d'aquest món, per tots els déus. Així no arribi a l'eternitat, si dic mentida.

—Tornaràs el tres *shats* d'or a la meva esposa i te'n duràs l'esclava —sentencià Jeti.

—No! —cridà Fertare—. Nàtia és meva i ell ha de pagar la manutenció del nen. Déu *debens* d'or.

—Déu *debens* d'or? —empal·lidir de nou Khuta—. Déu *debens* d'or per una estúpida que no val res?

—Ho veus? Ha confessat la seva culpa. M'ha estafat i li has de tallar la mà —es llevà Fertare, i afegí—: i si no ho fas, Aswan es riurà de tu —i abandonà la sala.

—Dones embarassades! —féu Jeti—. Totes boges! —es tombà cap al metge i preguntà—: què puc fer?

Khufu arronsà les espatlles i va dir:

—El mercader ha invocat la justícia de Jnum. Què sigui ell, que decideixi.

—Sí —afirmà Jeti amb el cap. Era una bona idea—. Porteu·los al temple i que sigui el digníssim Merenra, que ho esbrini.

L'endemà, a primera hora, Nàtia, Khuta i Nianjkaf van ser conduïts a presència de Merenra, summe sacerdot de Jnum, que va escoltar les paraules de Fertare i les del mercader. Després va fer sortir tothom i va parlar amb el metge.

—Quan naixerà? —preguntà Merenra.

—Si no fallen els càlculs, d'aquí sis mesos —respongué Khufu.

Merenra es llevà i s'atansà a la finestra, des d'on podia veure el port. A ell, tant se li'n donava si l'esclava era verge, si Khuta havia dormit amb ella, si el pare era un soldat o si eren els déus que l'havien embarassada. Però, com Fertare era l'esposa del nomarca d'aquelles terres...

—Que vingui Khuta —ordenà.

El mercader va entrar i s'apropà tremolós.

—Són teus aquells vaixells? —preguntà Merenra senyalant el port.

Khuta va mirar cap a on l'indicava el summe sacerdot. Hi havia quatre vaixells. Tres carregaven i l'altre restava quiet.

—Només dos són meus. Millor dit: el carregament és meu.

—Què hi portes?

—L'un duu fusta i marfil. L'altre, civada, blat i ordi.

31

Merenra es tombà lentament, va baixar els tres graons de la terrassa, entrà a la sala de visites i es va prendre el seu temps per cercar les properes paraules. Sabia que aquella estança de sostres alts imposava respecte i que el comerciant, malgrat que procurava no manifestar-ho, ja feia estona que no parava de tremolar per dins. De sobte, s'aturà i el mirà directament als ulls.

—Què t'estimes més: la meitat del gra o perdre una mà?

El desgraciat va començar a suar, es va mirar la mà i no li va caler cap càlcul per contestar.

—Si Jnum, en la seva infinita bondat, dóna un senyal de la meva innocència, la meitat del gra serà teu, digníssim senyor.

—Meu, no —somrigué Merenra—. De Jnum —puntualitzà.

Merenra féu sortir Khuta i tornà a cridar el metge.

—Com va l'embaràs de la noble Fertare?

—Prou bé, digníssim senyor. Crec que aquest cop no hi haurà cap problema. El fill ha arrelat i lluita per la seva vida, i aquesta esclava té cura de la seva ama com mai ningú no ha fet.

L'endemà, Merenra va cridar Fertare i Jeti, que es van presentar d'immediat, i també va fer venir el mercader, l'eunuc i l'esclava.

—Aquesta nit he tingut una visió —digué el summe sacerdot—. Jnum m'ha parlat en somnis. He vist una dona que alletava dos infants —es tombà cap a Fertare—: que hagis trobat aquesta esclava és un missatge diví. Els déus volen que el teu fill visqui.

—Llavors, soc lliure —va somriure Khuta.

—Sí, però, en prova de la teva bona voluntat, tornaràs el tres *shats* d'or.

—Però, si soc innocent, perquè haig de pagar?

—No ets l'únic que perd —sentencià Jeti, molt emprenyat amb tot aquell estúpid afer—. Si és un senyal diví, significa que la vida del fill de l'esclava resta lligada per sempre més a la vida del meu fill —es tombà cap a Fertare—. Si el teu fill naix viu, el fill de l'esclava viurà. Si el teu fill morís, els déus deixaran que prengui venjança en la vida de l'esclava i del seu fill.

—Així ha parlat Jnum, i aquesta és la justícia dels déus —conclogué Merenra.

—Escriba, pren nota —va ordenar Jeti, i l'escriba es va seure al terra amb una taula de fang i un punxó i va escriure—: la vida de l'esclava i del seu fill resten, per sempre més, lligades a la vida del meu fill que ha de néixer. Si el meu fill mor, ells també moriran.

Khuta va pagar els tres *shats* a Fertare, Merenra va veure com els graners del temple s'omplien i la seva saviesa va ser cantada per totes les veus d'Aswan.

Nàtia, que començava a entendre la llengua d'aquelles terres, va conèixer la sentència que planava damunt el seu cap i cada matí pregava a tots els déus per la bona salut de Fertare. Volia seguir viva i estimava el fruit d'una nit al desert, a fosques, amb un esclau de qui no coneixia ni el rostre ni el nom. Era l'única cosa que debò podia considerar com a seva, l'únic cop que un home havia gosat tocar·la, i els déus havien determinat que tingués descendència per a què un cop morta algú perpetués la seva existència.

Durant les setmanes següents els cossos de les dues dones van canviar dia rera dia. Les panxes s'engreixaven, els pits també i una vida es bellugava al seu interior, mentre el Nil seguia corrent lentament.

Mesos després Nàtia va donar a llum un preciós nen, a qui van posar per nom Sedum. Jeti se'l mirà i contemplà la panxa de Fertare, a punt d'esclatar.

Tres setmanes més tard, Fertare també es va posar de part. Van venir els metges i, tot i que van fer mans i mànigues, no van poder evitar que ella morís. Per contra, el nen va viure, i li van posar per nom Jian. I Nàtia va sobreviure, mentre alletava dos infants: el noble i l'esclau.

La predicció de Merenra s'havia complert.

2.- SEDUM

Sedum va néixer egipci. Esclau, naturalment, però egipci. Durant uns anys la seva tasca consistí a fer de joguina de Jian. Sempre havia d'estar disponible per al fill del noble Jeti. Dormia als peus del seu llit, en els jocs seguia fil per randa les seves instruccions i a les baralles, malgrat que era més fort, inevitablement perdia, perquè altra cosa no hauria convingut a la vanitat del jove senyor.

Nàtia tenia cura dels dos infants i s'estimava Jian com si fos fill seu. El record de l'única persona que l'havia tractada bé era sempre present a la seva memòria. La mort de Fertare havia arrencat estelles de dolor del seu cor i un devessall de llàgrimes dels seus ulls, que esdevingueren devoció. Durant els primers anys l'esclava visqué totes les hores del dia dedicada enterament a no traure mai els ulls del damunt de Jian. Dins del seu cap romania viva l'ordre de Jeti. La vida de Sedum resta per sempre més lligada a la vida del meu fill Jian. Per això, ella havia educat Sedum, des que va ser capaç d'entendre·la, per a què esdevingués guardià del seu senyor. I l'infant, que era intel·ligent i despert com un llamp, va copsar de seguit quin era el seu paper i el assumir a la perfecció.

Un matí els dos vailets (tenien cinc anys) s'estaven a una de les dependències de palau, la que servia de pati de jocs. Jian va començar a remenar el foc que cremava als peus de la imatge del déu Jnum, patró d'aquelles terres, mentre Sedum patia i li pregava que no ho fes. De sobte, unes espurnes van anar a petar al terra i el foc s'escampà per les cortines. Sedum va fer enrere Jian i els servents, esfereïts pels crits, van córrer per sufocar l'incendi.

Quan Jeti es va assabentar, va cridar al seu fill i el va interrogar.

—No sé què ha passat —va explicar el nen, amb cara d'innocent—. Jo era allà, assegut, i Sedum jugava amb el foc que crema als peus de l'altar de Jnum —mentí—. De sobte, tot s'ha encès i m'he espantat. No en sé res més.

Llavors, Jeti va cridar Sedum. L'esclau va abaixar el cap i no va contradir cap de les paraules de Jian. Poc podia culpar el seu amic, present allà i que el mirava amb ulls amenaçadors.

—Demà aniràs a treballar al camp —sentencià el nomarca.

Aquella nit, Nàtia va escoltar els plors del seu fill i va saber-ne la veritat. No podia deixar que el castiguessin fent-lo treballar al camp. Era un infant i no suportaria aquell infern, sota un sol abrusador. L'esclava se'n va anar a parlar amb Jeti i li ho va explicar.

—No ho volia fer. Ha estat un accident —va confessar, finalment, Jian—. Pensava que t'enfadaries molt i com Sedum és un esclau...

—Entesos —va dir Jeti—. No anirà a treballar al camp, però rebrà deu cops de fuet.

—Però, noble senyor, el meu fill és innocent —se sorprengué Nàtia—. Fins i tot ha protegit el teu fill —insistí.

—La seva vida és lligada a la del meu fill. Així és escrit. Tots els càstigs que hagi de rebre Jian, els patirà ell.

I per més que l'esclava va pregar i va intentar raonar amb Jeti, no hi va haver res a pelar. De manera que Sedum va rebre els deu cops de fuet i la pell de la seva esquena s'obrí i es cobrí de sang.

Aquella nit, mentre Nàtia curava les ferides del seu fill, amb llàgrimes als ulls el va alliçonar.

—Has de creure i has d'oblidar que tens orgull —li va dir, amb ràbia—. L'esclau no pensa en veu alta, sinó que viu a l'interior. Allà ets lliure i res ni ningú no pot entrar-hi. A partir d'ara, mira, escolta i calla. Però, recorda: tingues cura de Jian, perquè la teva vida està lligada a la seva per sempre més.

—Mare, jo no podia fer-hi res —respongué l'infant amb plors—. Si m'hi hagués oposat, Jian hauria ordenat els servents que em castiguessin. Sempre ho fa.

—Fill, tingues paciència, i no oblidis que has de lluitar, perquè un dia seràs lliure, i els teus fills, i els fills dels teus fills, per sempre més. M'ho promets?

—T'ho juro, mare. Per tots els déus. Un dia seré lliure i vindré a buscar-te.

En complir set anys, l'hereu del nomarca Jeti va començar la seva instrucció, tal com corresponia a la seva alta condició. Però, al contrari que els altres fills dels nobles, no va anar a l'escola, sinó que Jeti va decidir que portaria dos escribes de Jemenu. Havia trigat força temps a assolir descendència i mimava aquell marrec amb excés. Sedum s'asseia allà a la vora, en un racó, quiet i callat, i, com s'avorria molt, va començar a escoltar les explicacions.

—Ho veus? —deia l'instructor—. Escriu a la taula de fang —allargava el punxó a Jian—. Un més un fan dos, dos més un són tres, tres més un són quatre... —i Jian assentia lentament, mentre el seu cap es perdia en fantasies, i poc se l'escoltava, obligant l'escriba a repetir-ho tot un munt de cops—. Dos més dos fan quatre, dos més tres fan cinc... —i Sedum començà a pintar ratlles al terra, mentre repetia dintre seu les paraules de l'escriba—. Una línia uneix dos punts, dues línies fan un angle, tres línies formen un triangle...—i Sedum va descobrir que el triangle tenia tres angles.

En acabar la instrucció s'iniciava de nou el joc. Jian corria i Sedum el seguia, però l'esclau, arribada la nit, somiava amb angles, números i signes d'escriptura, fent-se moltes preguntes i cercant-ne la resposta ell mateix. En aquells dies l'esclau va aprendre molt, sobretot a pensar, a plantejar-se nombrosos interrogants i a trobar respostes on ningú no les buscaria.

Així va transcórrer el temps. Jeti es tornà a casar i va tenir més fills. Mentre, Jian va créixer, i Sedum també, al seu costat, procurant servir-lo i tenint cura que res dolent no li arribés, i esdevingué un nen responsable i molt despert. Molt més d'allò que li corresponia per la seva edat, fins que un dia el noble Jeti va ser conscient que el seu fill primogènit ja atrapava l'hora d'oblidar els jocs infantils i passar a l'acció. Llavors es va demanar què podia fer amb l'esclau?

Els camps de conreu necessitaven de més braços i Sedum ja apuntava trets d'un jove prou fort. De manera que el nomarca va decidir que, d'aquí ben poc, l'esclau s'integraria amb els altres obrers.

Un matí, pare i fill parlaven. Jeti mostrava a Jian els comptes i mirava d'explicar-li com anotar les xifres i controlar que no l'enganyessin amb els tractes. Sedum hi era present, com sempre, assegut a un racó, i també escoltava. Ell sempre escoltava, tal com li deia la mare, mirant cap a un costat, com si res no l'interessés, però amb les orelles ben obertes.

—Hi ha un error a la tercera suma —va fer, de sobte, i ambdós, pare i fill, el miraren sorpresos.

—On? —va demanar Jeti, amb un somriure que mostrava la seva incredulitat.

Sedum, espantat per haver trencat una norma d'or i haver tingut la gosadia d'obrir la boca davant l'amo, es va llevar del terra i s'atansà. Ja era massa tard per rectificar i no va tenir altra opció que assenyalar l'error. Llavors, Jeti li ordenà corregir-lo. Amb pols tremolós, va prendre el punxó i va refer la suma damunt la taula de fang. Era cert. Hi havia un error.

Aquell dia Jeti va fer un gran descobriment. Només escoltant, assegut a un racó, Sedum havia estat capaç d'assimilar els ensenyaments dels escribes, tant millor que el seu propi fill. I va comprendre que havia estat una sort immensa que no l'engegués a treballar al camp.

Sedum no va engrandir les files dels homes que conreaven la terra, sinó que va ser destinat a controlar les collites. Jeti era intel·ligent i va copsar de seguit que li faria més servei amb el cap que no pas amb els braços. I així van passar els anys i Jeti li va atorgar la seva confiança, encara que no la llibertat, perquè el nomarca era molt astut. Massa com per perdre un servent tan valuós, i sense que li costés res, llevat del menjar i el vestit. I Sedum havia après molt de la seva mare. Massa com per no saber ser humil i comprendre que el seu dia, tard o d'hora, arribaria i que la paciència és una virtut que ha de formar part del bagatge d'un esclau.

*** ***

A Egipte les lleis són clares, i són escrites. Qui sap llegir pot conèixer la llei, i qui coneix la llei pot interpretar-la, i qui la interpreta està pel damunt dels altres, encara que sigui esclau. Per això, Sedum s'hi va aplicar encara més i va aprendre a llegir correctament, a interpretar els jeroglífics i tot allò que els escribes li van voler ensenyar per ordre de Jeti, més que no pas per voluntat. En ben poc temps va ser capaç de memoritzar els gairebé vuit-cents signes que constitueixen el sistema d'escriptura i va aprendre a situar-los correctament.

Durant aquell temps Nàtia va emmalaltir d'infecció. Els metges no hi trobaven remei i Sedum va contemplar amb dolor com aquell cos que li havia donat la vida es deteriorava amb rapidesa i com aquells ulls que vessaven amor amb cada mirada s'apagaven dia rere dia. Finalment, l'esclava va cridar al seu fill i li va dir:

—Sedum, fill, jura'm un cop més, per tots els déus, que un dia tu seràs lliure, i els teus fills, i els fills dels teus fills, per sempre més —li va demanar amb el darrer alè.

—T'ho juro, mare —va afirmar Sedum amb el cap, mentre els ulls se li negaven de llàgrimes—. Però, tu hi seràs, amb mi?

—Sempre seré dintre teu. Per això cal que tinguis fills i que siguin lliures. Llavors, jo també ho seré.

—Sí, mare.

—Has de trobar el document on Jeti va redactar que la teva vida depèn de la del seu fill i l'has de destruir. M'has entès?

—Ho faré, mare. Per tots els déus, que ho faré.

Aquella mateixa tarda va morir. Va ser una gran dona. La més formosa de totes, plorava Sedum, perquè la seva bellesa era interior i vivia en un món on res ni ningú no la podia destruir. Va néixer lliure i va morir esclava, però mai no va perdre l'esperança que Sedum arribés a fer el camí invers, encara que hagués de transgredir totes les lleis humanes. Son pare s'havia revelat contra la injustícia i havia fugit. No en coneixia el nom, ni tan sols li havia vist el rostre, però devia de ser fort i formós, perquè podia veure la seva imatge en el seu fill, i també havia de ser ric internament, perquè cercava la llibertat, el més do més preat de tots, i el seu record seria etern.

L'esclava va ser enterrada en una petita tomba, un forat al terra, sense cap senyal, i només Sedum i dues serventes la van plorar. El noble Jeti ni tan sols va tenir una paraula de record per a ella i Jian va arronsar les espatlles i va fer:

—Pobra dona! Era molt servicial.

Des d'aleshores, el jove esclau s'hi aplicà més i esdevingué una peça clau en l'economia d'aquella casa. Controlava milers d'*aures* de terra, dominava perfectament el *khar*, la unitat de bescanvi, i feia tractes amb els mercaders, obtenint bons guanys per al seu senyor, refiat que Jian, el seu amic i futur amo, li concediria la llibertat en morir el noble Jeti.

—Fill, Sedum és intel·ligent, hàbil amb la paraula i despert amb els números. Recolza't en ell i escolta'l. Ell et servirà com ha fet amb mi —va dir Jeti, un dia, al seu fill Jian—. No el perdis mai.

Sedum va sentir aquelles paraules. Mai no seria un home, perquè ni Jeti ni Jian li concedirien la llibertat. Un esclau ha de ser intel·ligent, més que no pas el seu senyor, perquè la vida et desperta. Això ja ho havia après de la mare. I encara havia après més coses. Sedum havia après a moure's entre interessos contraposats, a no pronunciar-se mai, excepte quan les circumstàncies l'obligaven, a quedar-se quiet, a escoltar, a pensar i a callar. Jian l'estimava perquè Sedum sempre li deixava la iniciativa o, millor dit, li comunicava les coses de tal manera que semblava que era Jian que prenia les decisions. Tenir-lo, a Sedum, al seu costat era gaudir de dos ulls més. Allò que ell no distingia, l'esclau ho veia; allò que ell no discorria, Sedum ho esbrinava; la paraula que ell no trobava, li la xiuxiuejava a cau d'orella, quan ningú no els veia. Però, algun dia..., no parava de pensar l'esclau.

*** ***

41

Setze anys comptava Sedum quan els nubis van arribar pel sud i van caure damunt Aswan. Ja feia dies i dies que es remorejava que en preparaven alguna, però no va estar al cas perquè anava massa atrafegat amb les collites, Jian no va voler escoltar els missatgers i Jeti ja era massa vell i repapiejava.

Aquell matí, Sedum havia anat al camp amb els obrers. El sol encara no havia arribat dalt de tot, que va veure com les flames s'enlairaven per l'horitzó i es va espantar. Va abandonar els conreus, va sortir tot corrents cap a la ciutat i hi arribà quan tota resistència havia estat vençuda.

Només traspassar les portes, l'espectacle que se li oferí el colpí de valent. A Aswan tot anava en dansa, els carrers eren plens de cadàvers, les cases fumejaven, les parets de tova groguenca estaven tacades de sang, les dones fugien esfereïdes amb els fills als braços, tot corrent fins que eren atrapades per aquells bàrbars que les rebregaven per terra, les sotmetien a tota mena d'ultratges i esquarteraven els infants davant mateix dels seus ulls, després d'haver-les posseït.

Sedum s'esmunyí enmig de la confusió, va recórrer els carrers i les places amagant-se entre les cistelles del mercat, brut, confonent-se amb la follia, i va aconseguir atrapar les portes de palau. Dintre del seu cap repicaven les paraules de la seva mare. "La teva vida depèn de la vida de Jian".

Des del punt on es trobava, a prop del temple, Sedum va veure com Jeti era executat, penjat de la terrassa amb tots els seus fills. Jian s'hi va voler resistir i el van rebentar a cops. Les dues esposes del nomarca van ser cremades vives davant mateix de la casa, mentre l'esclau ho contemplava impotent. De sobte, va recordar la taula de fang, de la qual li n'havia parlat la mare i va entrar a palau per cercar la biblioteca. Ningú no el va veure. Va regirar totes les poselles, a corre·cuita, i va trobar·hi el document. Amb ell a les mans, va sortir de nou, però dos nubis el van descobrir i el van perseguir.

Esgarrifat davant l'horror, es va escapolir, va atrapar el mercat i es va colar pels patis, saltant els murs. Sentia a prop seu les veus dels dos nubis que es demanaven on es podia haver amagat. Una estona després, va córrer cap al temple. Només hi havia estat un cop, però coneixia l'existència del passadís que hi havia darrera de l'estàtua de Jnum. Allà es va amagar, implorant la protecció del déu de la creació, i allà va romandre, sense aliment, sense aigua, gairebé sense esperança, mort de por, refiat que ningú no trobaria la petita porta que donava pas al soterrani on els sacerdots hi guardaven els estris del culte, dissimulada sota l'estàtua del carner de les banyes esteses, cobert de les plomes i amb el disc solar entre les astes. Amb ell duia la taula de fang i quan es va sentir aixoplugat de tot perill la va esmicolar en un racó, fins que quedà reduïda a pols, fins que ningú, mai més, pogués llegir una ordre escrita anys enrera i que era la viva representació de la injustícia.

Seria incapaç de dir quant de temps va restar quiet, tremolant i resant, envoltat pel perfum del *senether*, l'encens que servia als sacerdots per enlairar l'esperit i comunicar·se amb Jnum. Només podia escoltar els crits i el soroll d'aquelles bèsties amb forma humana que vivien una orgia criminal. Havien entrat al temple i s'enduien totes les riqueses. Només van respectar l'estàtua de Jnum, perquè ells l'assimilaven amb Dedum, el seu déu de la creació. Finalment, assedegat, famolenc i esgotat, els ulls se li tancaren i els sorolls desaparegueren.

Ja feia estona que tot era en silenci que, de sobte, uns remors el van desvetllar. Algú obria la porta del soterrani. Fosc com estava, la llum de la torxa que va aparèixer el va encegar. No podia veure qui arribava, només veia el reflex del coure de les espases ben dispostes per ferir, i s'arraulí en un racó. Anava brut pel fang i pel fum.

Qui marxava al davant el va descobrir i va aixecar el braç per descarregar el cop mortal. Sedum va veure el fil de l'espasa i va tancar els ulls, resignat. Què hi podia fer, sinó?

—Atura't —es va sentir una veu i l'esclau va obrir les parpelles.

La figura d'un home s'interposava entre l'espasa i el seu cos. Era alt i prim. El seu cap rapat, fins i tot les celles, atorgava als seus ulls una mirada penetrant. Duia una faldilla blanca fins als peus, amb plecs a la cintura, i calçava sandàlies de fulles de palmera tintades de blanc.

—Qui ets? —li va demanar aquell home.

—Sedum, comptable de Jeti.

L'home el va ajudar a llevar-se i, llavors, el jove esclau va veure amb més detall el rostre del seu salvador. La mirada era més penetrant d'allò que havia imaginat en un inici. Gairebé gosaria a dir que hi havia un punt de crueltat. Darrere seu va entrar un altre home i els soldats es van fer enrere i s'inclinaren amb reverència i respecte. Fins i tot, qui l'havia lliurat de l'espasa del soldat.

—Què heu trobat?

—El comptable de Jeti —va dir qui li havia salvat la vida.

Sedum va aixecar els ulls per mirar el nouvingut, però tan bon punt va descobrir l'escarabat real que penjava del seu coll, amb el qual es distingia els parents del faraó i els més nobles dignataris, els va abaixar d'immediat i es va agenollar.

—Què se n'ha fet, del nomarca Jeti? —va preguntar el nouvingut.

—Oh gran senyor!, a qui Jnum conservi per tota l'eternitat... —va començar Sedum.

—Prou! —el va tallar—. Respon la meva pregunta.

—Tots són morts, gran senyor. Els nubis els han assassinat.

—Mateu tots els presoners —ordenà el nouvingut—. Que no en quedi ni un. Però mateu-los lentament i pengeu-los ben alt per a què els puguin veure de ben lluny.

—Què fem amb ell, noble Snefrú? —va dir un soldat, assenyalant l'esclau.

—Que decideixi el digne Ramosi. Ell li ha perdonat la vida.

Ara ja coneixia el nom del seu benefactor i es va postrar als seus peus. Snefrú va sortir, s'endugué els soldats, i es quedaren sols: Ramosi i Sedum.

—Aquest vespre vine a palau. Llavors, decidiré què haig de fer amb tu —va dir el sacerdot, i també sortí d'allà.

Arribada la nit, Sedum es va presentar a palau. Ramosi l'esperava a la sala d'audiències, ara amb les parets ennegrides pel fum, després que el foc hagués arrencat tota la riquesa dels seus ornaments i hagués convertit l'abundor en misèria, destruís tots els mobles i deixés només pobres vestigis dels grans cortinatges que havien protegit tots els seus estadants de la llum i la calor del sol.

Aquella tarda, l'esclau no havia perdut el temps. S'havia assabentat que aquell home era un dels grans sacerdots del temple del sol, a Iunu, que sempre acompanyava l'exèrcit per beneir-lo i demanar la protecció de Ra. I també havia estat informat que tota la família i tots els servents i serventes de Jeti havien mort.

Durant hores, Sedum havia estat rumiant quina seria cadascuna de les seves paraules. Jnum li havia atorgat la seva gràcia i cap dels nubis no es va adonar de l'existència de la petita porta darrera l'altar. Allò era un senyal. Com també ho era el fet que tots aquells que podien testificar que era un esclau, havien mort o fugit i la major part dels documents, destruïts o cremats. Era la seva gran oportunitat per complir la promesa feta a la mare, als peus del llit mortuori. Ho va copsar amb la mateixa claredat que ens atorga la llum del sol.

—Qui pot testificar que ets Sedum, un dels comptables de Jeti? —li va preguntar Ramosi, assegut a un dels dormitoris de palau, ara ennegrit per les restes del foc.

—No ho sé, senyor. No crec que quedi gaire gent amb vida. Però us ho puc demostrar —respongué l'esclau, agenollat.

—Endavant.

No se n'hi va estar, de proporcionar·li dades i més dades sobre les collites, els magatzems, els comptes, la quantitat d'obrers i mil i un detalls que el sacerdot va prendre com la veritat de les afirmacions del jove que tenia al davant.

—On eres quan han atacat els nubis? —li preguntà.

—Al camp, controlant la collita.

—I per què has tornat?

—No ho sé ben bé, digne sacerdot. Ha estat un impuls. Després, en arribar a les portes de palau i veure que tothom era mort i que el foc ho devorava tot, m'he esgarrifat i m'he amagat al temple —va explicar l'esclau amb sinceritat—. He cregut que és l'únic lloc que no cremarien, perquè ells adoren Dedum i l'identifiquen amb Jnum, déu de la creació.

—Ets intel·ligent. Si m'haguessis dit que havies vingut per lluitar, series mort. Perquè no podies seguir viu, oi que no? —va fer Ramosi, alçant una cella, i Sedum va baixar el cap i va tremolar—. Però has parlat amb seny i has dit la veritat —somrigué el sacerdot, i ordenà sortir els guàrdies. Quan van ser sols, tornà a parlar—. Què puc fer amb tu, un esclau?

—No soc un esclau, senyor —va replicar Sedum, d'immediat, i va mirar directament Ramosi, als ulls, desafiant·lo.

—Si fossis un comptable, no vestiries així —somrigué el sacerdot.

—Són les robes que he pogut trobar per tal que els nubis no es fixessin en la meva persona, gran sacerdot.

Ramosi es llevà i Sedum es postrà de nou, amagant el rostre.

—T'agenolles com un esclau —insistí el sacerdot.

—Com podria un esclau saber llegir i comptar? Si m'agenollo davant teu és perquè sento respecte, agraïment i veneració per qui m'ha salvat la vida. I pregaré a Ra per demanar·li totes les benediccions per al meu salvador.

—Sempre tens resposta per a tot?

—Un comptable sempre n'ha de tenir, digne senyor.

Ramosi somrigué de nou.

—Què creus que hauria de fer, ara, amb tu? —li preguntà.

—Soc un bon comptable. Si em prens al teu servei...

—Ja en tinc prou, de comptables, al temple. I no m'agrada cobrar els serveis de mica en mica. M'estimo més que els deutes me'ls paguin d'un sol cop.

—Demana allò que vulguis i, si puc, t'ho pagaré —va llevar la mirada Sedum.

—Ho deixarem així. Ja et comunicaré quin és el preu i la forma de pagar·lo quan arribi el moment. Tu només has de tenir ben present que em deus la vida —somrigué de nou i afegí, en veu baixa—: i, possiblement, la llibertat.

—Gràcies, digne Ramosi —va tornar a amorrar el cap a terra, Sedum—. Et dono paraula que mai no tindràs ni la més mínima queixa de mi i pregaré a Jnum per a què

47

et guardi de tot mal i t'atorgui llarga vida i totes les seves benediccions.

És així com Sedum va iniciar una nova vida lluny dels camps de conreu, i... en llibertat. I tot mercès a què el faraó Huni sí que havia estat al cas dels rumors sobre un atac dels nubis i havia enviat un exèrcit comandat pel seu gendre Snefrú, que va arribar pel Nil fins a les portes d'Aswan i va fer fugir els atacants. Tanmateix, els supervivents es podien comptar amb els dits de la mà i Sedum ja s'havia guanyat la llibertat.

3.- ELS HOMES PRUDENTS

Sedum mai no havia sortit d'Aswan i el seu món es reduïa a aquella ciutat i als camps de conreu. El més lluny que havia arribat era al peu de la primera cascada, que assenyalava l'inici del territori dels homes negres. Llevat d'aquestes terres, tot allò que coneixia era per referències, per les converses amb els mercaders que arribaven amb els vaixells, per haver llegit alguna cosa o per haver vist algun mapa.

El viatge pel riu li va descobrir la grandesa de l'imperi, de la unió de l'Alt i del Baix Egipte, de totes les terres del Nil, des de la primera cascada fins al mar, sota els designis del gran Huni, faraó de la tercera dinastia, fill de Djoser, fundador del nou regne i estadant de la més gran i magnífica de les tombes de tots els temps. Dies i dies navegant, durant els quals el paisatge canviava per deixar enrere les terres roges i endinsar-se a les terres negres, que així és com s'anomenen les extenses àrees que es neguen d'aigua amb la crescuda del Nil, amb l'arribada de l'*akit*, l'estació de les inundacions. Després, aquestes terres fan germinar les llavors durant el *peret*, per, finalment, entrar en el període del *shema*, moment de la collita, i caure en la secada tot esperant la nova arribada de l'estrella Siri, que marca l'inici de l'any.

Tot això Sedum ho sabia, perquè des de feia tres llargs anys tenia cura dels conreus. És així, amb aquest ritual, repetit any rere any, que Hapi, el déu hermafrodita del Nil, aliat amb Ra, el poder del sol, atorga a Egipte l'aliment en forma de blat, civada i mill i permet els seus estadants extreure els olis i arrencar el vi del raïm i obtenir el *shedeh*, la beguda vermellosa i espirituosa que alegra les festes, i la cervesa. I mentre els graners s'omplen, comencen les collites de cebes, cogombres, alls, enciams i porros.

Hapi és benèvol amb les terres del Nil i el desert també ofereix els seus fruits en forma de dàtils, ensems que els jardins proveeixen de figues. El bestiar és abundós i el poble pot triar entre els porcs, les vaques, les cabres, els ànecs i les oques. És un país ric, sorgit dels temps i enlairat pel treball i, sobretot, per la imaginació. Els veïns envegen, fins i tot, la caça que les terres d'endins regalen amb magnanimitat, des de l'estruç fins les llebres, tot passant per la gasela i els antílops. Però Hapi encara dóna més: els peixos i, de tant en tant, a les terres altes, algun hipopòtam, mentre que el desert ofereix l'aventura de la cacera d'algun animal salvatge i poderós, com el lleó, amb el que s'enfronten els més valents.

A Abudu el vaixell es va aturar unes hores i a Tebes va restar-hi un dia sencer. Cada ciutat era més rica que l'anterior, com si el nord fos l'indicador de la fletxa que marca la pujada de la fortuna, i Sedum ho contemplava tot amb els ulls del jove que descobreix la immensitat de la vida per primer cop. Jardins com mai no havia vist, carrers i avingudes guardades per esfinxs i coronades amb palaus i temples molt més grans i sumptuosos que a Aswan.

La darrera escala va ser Jemenu, centre cultural d'Egipte i casa de Thot, déu de la saviesa, patró dels escribes i protector dels sacerdots. Però el seu objectiu era Men-Nefer, perquè havia aconseguit que Snefrú es fixés en la seva persona i li havia ofert d'entrar a treballar com a comptable al seu servei. Sedum estava content, i no era aliè que alguna cosa hi va tenir a veure que Ramosi, el seu gran benefactor, fes un comentari favorable sobre ell.

Abans d'arribar al seu destí, van passar per davant de Sakkarà i va poder contemplar, atònit i meravellat, la tomba de Djoser, el pare d'Huni, sogre d'Snefrú. Aquella que va ser dissenyada i construïda pel gran arquitecte Imhotep, una llegenda, gairebé un déu.

Sedum havia llegit alguna cosa sobre ell, sobre Imhotep, quan estudiava geometria, i sabia que va ser qui va substituir la tova, de fang i argila amb palla, per la pedra. Aquest descobriment li havia permès concebre un conjunt de mastabes superposades que esdevenia una escala gegantina que apuntava cap al cel. Allà reposava el cos de Djoser i hi contenia el seu *ka*, l'ànima immortal, l'esperit, per a tota l'eternitat.

El vaixell va atrapar Men-Nefer i va enfilar l'ample canal que permetia creuar-se dues naus i que constituïa la porta d'entrada a la xarxa de canals que distribuïa l'aigua per tots els palaus dels nobles, en una gegantina obra d'enginyeria que deixava bocabadat el visitant. Sedum va contemplar aquella magnificència, mai somiada, i els carrers plens de gent, molta més que en qualsevol altra ciutat. La seva vista es perdia entre la gran estesa de cases d'una sola planta que vorejaven les aigües i, de tant en tant, s'extasiava amb els murs alts d'algun temple que sobresortien per damunt de l'ocre de les parets i mostraven la rica policromia que decorava cada racó. Després, el vaixell va prendre un canal secundari i van atracar al port que donava davant d'una avinguda que acabava en una plaça quadrada on s'hi ubicava el mercat principal, enorme i ric i amb tot tipus de mercaderies.

El jove desembarcà i el bullici i la cridòria el van atordir, fent-lo caminar com un babau que s'entrebancava amb les parades i ensopegava amb els vianants que l'empenyien i se'l treien del damunt com un empestat, tot prenent-lo per un pidolaire brut i amb el sarró a les espatlles.

Aquell espectacle, magnífic i colpidor, continuava molt més enllà i el pobre jove va enfilar la llarga avinguda que s'endinsava a la ciutat i es perdia entre una multitud que discutia i regatejava els preus. Finalment, va aconseguir que una dona li indiqués el camí i es va dirigir cap a la seva destinació: el barri dels nobles i les cases elegants.

En arribar, l'escena que se li oferia als ulls era completament diferent. Els canals seguien paral·lels a les avingudes principals, que ja no estaven poblades de crits, sinó que romanien en silenci, flanquejades per enormes estàtues representatives dels déus i dels faraons que havien governat l'imperi. Al fons de tot de l'avinguda dels reis, on els rostres de Menes, Aha, Djer, Den, Peribsen, Ja'sejem, Ja'sejemui i Djoser esculpits en pedra marcaven la història d'Egipte, s'obria una plana en la qual s'aixecava el palau del faraó, protegit per murs de més de trenta *meh* d'alçària i guardats per soldats. Un canal vorejava la muralla i entrava per un passatge tancat per una comporta fins atrapar el port particular.

Snefrú també vivia en un palau gran, encara que més petit que l'immens edifici envoltat de jardins que servia de residència reial del faraó Huni.

Sedum es va presentar als dos guàrdies de la porta i els va mostrar la taula de fang on l'escriba havia deixat constància de la voluntat del seu nou senyor. Qui semblava el cap va dubtar durant uns instants, però, com no sabia llegir, va decidir que el millor era fer-lo entrar. De manera que un servent el va conduir pels jardins i les terrasses. A l'oest corria el Nil, indolent, i al sud, des de la terrassa principal, es distingia la punta més àlgida de la tomba de

Djoser. Aquell servent va explicar a Sedum que cap al nord, tot just en arribar a Iunu, la ciutat de Ra, el déu amb cap de falcó, les aigües s'obrien en dos immensos braços i atrapaven la mar en set branques. Sedum mai no havia vist la mar, que, segons comentava el servent, s'estenia fins l'infinit i la mirada es perdia enmig del blau intens ribetejat d'escuma blanca que besava la platja. Algun dia veuria la mar. Ho va jurar.

El cap dels servents sí que sabia llegir, va prendre la taula i se'l va mirar amb recança, amb un deix de menyspreu, ensems que feia un gest prou evident que deixava clar que l'olor del nouvingut no era del seu grat.

—Primer de tot, t'hauràs de rentar. Tens alguna roba, diferent d'aquesta?

Sedum li mostrà la que duia al sarró. L'home l'examinà i féu un lleuger moviment amb el cap. No era una meravella, però, si més no, estava neta.

Heteferes, l'esposa d'Snefrú, era filla del faraó Huni. Sota les seves ordres el palau funcionava a la perfecció. Aquella dona ho controlava tot amb uns ulls d'ametlla, del color de les olives. Marit i muller no vivien sota el mateix sostre, sinó que ella s'havia estimat més l'ala oest, que donava directament damunt el Nil, mentre que Snefrú havia triat (s'havia conformat, deien els servents, abaixant la veu) amb la part sud-est, des d'on dominava els conreus, la visió del temple d'Apis, patró de Men-Nefer, i, més enllà, el desert.

Naturalment, els millors i més florits jardins pertanyien a la filla del faraó i, d'aquests, en tenien cura tres jardiners que obtenien aigua abundosa dels petits canals que sortien del riu i entraven a palau.

Les lleis egípcies també són clares en aquest aspecte. Esposa i espòs tenen les seves fortunes per separat i gaudeixen de tota la llibertat per esmerçar-les com més convenient jutgin. La base de tota la societat és la família, entesa com la unió d'un home i d'una dona amb els seus fills. Quan un s'independitza de la família, forma una altra unitat, com si els lligams es diluïssin amb rapidesa. De manera que, si no existeix una forta amistat o un interès acusat, oncles i nebots poden passar-se tota una vida sense ni tan sols dirigir-se la paraula. És diferent entre la classe noble, on els interessos sempre existeixen, encara que només serveixin per mantenir relacions que poden esdevenir profitoses de cara als negocis o al govern del país. I conforme més s'apropen al faraó, més forts són els llaços que els uneixen.

Sedum es va instal·lar en un petit cobert, a un extrem del palau d'Snefrú, més enllà dels jardins, al costat de les gàbies dels llebrers que servien el seu amo per caçar. Es tractava d'una habitació petita amb una sola finestra que donava a un racó del jardí. Com a tot mobiliari hi havia un petit llit, una cadira i una taula que li serviria per menjar. A Egipte, llevat de les celebracions a casa dels nobles, l'acte d'alimentar-se es considera tan personal que les taules són individuals.

A prop d'allà hi havia les dependències dels comptables, unes estances amples i lluminoses, farcides de poselles i amb taules grans que permetien desplegar els papirs i apilar les taules de fang. A Sedum li van dir que compartiria aquell lloc amb altres dos col·legues, que no el van rebre amb gaire entusiasme, sinó com algú que venia a destorbar-los.

Tur, el comptable principal, era casat. També vivia a palau, només que la seva casa ocupava un lloc de privilegi i gaudia d'una petita terrassa que donava damunt del Nil. La seva esposa, Dedet, només veure arribar Sedum va fer un posat poc amical. Tur li va assignar tasques senzilles, sense importància, que havia de fer i ensenyar-les a Useriv, l'altre comptable, per demanar-ne la seva aprovació.

Useriv era petit i escanyolit. Mai no et mirava als ulls. També era casat, però la seva esposa, Tiie, no volia viure a palau i s'havia instal·lat als afores de la ciutat, en una finca propietat del seu marit. Per vigilar els obrers, deia.

Uns mesos a les ordres de Tur van fer entendre a Sedum que aquell parell eren uns lladres que duien els comptes importants i no permetien que ell els veies. Però, sempre hi ha un moment per a tot i va aconseguir donar-hi una ullada. El secret era ben senzill: de cada cent *shats*, en descomptaven un; de cada deu *khar* de gra, un anava a engreixar els graners particulars dels comptables. Amb molta habilitat, naturalment, de tal manera que només un ull expert podia adonar-se de la pèrdua. Ara entenia que Useriv s'havia pogut comprar la finca i tenir obrers al seu servei, com també entenia que Tur comerciés amb els fenicis i la seva esposa gaudís de les més riques teles i dels perfums més encisadors, malgrat que el comerç amb estrangers només estava reservat al faraó.

Tot i així, es va estimar més fer-se l'orni. Com li havia ensenyat la mare: observa i calla.

Snefrú els visitava molt de tard en tard i ja tenia prou amb quatre explicacions, perquè els seus graners eren plens i les arques també. Sedum es quedava meravellat de les històries que era capaç d'engolir-se, sense ni tan sols demanar-ne més explicacions, mentre Tur li somreia i ni parpellejava, per més gran que fos la mentida.

Per contra, Heteferes no els havia confiat els seus comptes, sinó que s'havia estimat més cercar els seus propis serveis. Devia de ser força més intel·ligent que Snefrú, va pensar l'esclau, ara esdevingut comptable. I no va trigar gaire a poder-ho corroborar. Durant aquell temps va tractar ben poc l'esposa d'Snefrú. Potser la va veure en tres ocasions i diria que, amb sort, va parlar amb ella únicament deu paraules. Però ja en va tenir prou. No li va quedar cap dubte que Heteferes era una dona de molt capaç, molt més que no pas el seu marit. I un gran caràcter. Segons deien, una sola mirada d'aquells ulls d'ametlla i els servents tremolaven; una paraula més alta que les altres i fins i tot els arbres del jardí plegaven les seves fulles; un crit i els soldats perdien les armes i s'amagaven.

En ben pocs dies, Sedum va descobrir que les dependències d'Heteferes rebien moltes visites, més que no pas les d'Snefrú. Sovint, el propi Snefrú passava més temps a casa de la seva esposa que no pas a qualsevol altre lloc. Allà es discutia del govern d'Egipte, es feien tractes i es tancaven negocis. I tot sota la atenta mirada d'aquella dona.

Una altra cosa que el va sorprendre va ser que a Men-Nefer s'estaven abandonant ràpidament les taules de fang i el punxó per emprar el papir i la tinta. Del delta arribaven vaixells carregats amb fulles d'aquella planta que anaven a petar als tallers dels fabricants, on eren tallades en tires que, després, s'entrellaçaven i premsaven per fabricar fulls que eren assecats. La pròpia saba de la planta feia de cola. D'aquesta manera s'obtenien uns fulls molt més còmodes de traginar, més senzills de guardar i infinitament més agradables a l'hora d'escriure-hi, perquè amb un pinzell la tinta corria amb facilitat i permetia una precisió difícil d'igualar. També va descobrir que el papir tenia moltes més utilitats. Se'n feien cordes, xarxes per pescar, cistells, estores, sandàlies i, fins i tot, barques lleugeres que naveguen per les tranquil·les aigües del Nil, perquè els habitants de Men-Nefer eren amants de les passejades aquàtiques i de les festes, sobretot les religioses i, més concretament, les dedicades a glorificar Apis, el déu en forma de brau que era vestit amb or.

Men-Nefer era un petit paradís. Les festes sovintejaven al llarg de l'any, els temples s'omplien d'ofrenes i les processons recorrien tots els carrers de la capital per deixar que el poble gaudís de la visió de les imatges dels benefactors del país, perquè al recinte sagrat no hi podia entrar cap profà. Només el faraó i els més alts nobles i dignataris eren rebuts a la sala hipòstila i assistien a les cerimònies dels sacrificis i elevaven les seves pregàries directament als déus. Algunes persones, que eren convidades a parlar amb algun dels sacerdots, també hi tenien accés, al temple, però només als jardins i a la sala de visites. El vertader temple restava lluny de les mirades dels pobres mortals, sota la responsabilitat de l'exèrcit de sacerdots que poblava les seves dependències, tenia cura dels jardins i cultivava els horts.

Des de les terrasses del palau d'Snefrú, a alguna de les quals tenia accés Sedum, es podien distingir les barques dels nobles que navegaven lentament por les aigües, mentre les dones parlaven i els homes intentaven caçar alguna au. Aquests passeigs, freqüents, convertien el Nil en un riu acollidor i familiar, sent les excursions pel damunt de les aigües una de les diversions més estimades. Després hi havia les demostracions atlètiques i els jocs. Allò que Sedum encara no havia pogut admirar eren les festes a l'interior del palau, on les dansaires, segons li havien explicat, anaven lleugeres de roba, adoptaven postures ben difícils i aconseguien contorsions inimaginables.

Sedum es va integrar de seguit en aquella vida. Complia, fil per randa, cadascuna de les tasques que li encomanaven, no discutia mai i sempre callava. De mica en mica, els seus companys li van anar agafant confiança. Seria més exacte dir que havien arribat a la conclusió que el jove era un babau que arribava de les terres del nord, un pobre camperol que ja en tenia prou gaudint d'una feina, d'un sostre sota el qual aixoplugar-se i d'un plat calent, per la qual cosa es van confiar. I així van passar els mesos, lentament, amb molta calma i més tranquil·litat.

*** ***

Men-Nefer, no només era un paradís, sinó també un cau de rumors que corrien pels carrers. Tothom comentava que Ramosi, potser, havia substituït el seu predecessor Kinne en just premi pels serveis prestats o, tal vegada, mercès a una hàbil maniobra que va apartar el seu rival més directe i que va significar la seva expulsió del temple i el desterrament, en descobrir que dormia amb una de les cantores sense tenir en compte el seu rang i sense respectar el mes d'abstinència imposat pel culte, un de cada quatre, quan queien sota la seva responsabilitat les tasques de vestir i alimentar els déus. Ramosi, per contra, guardava una escrupolosa castedat imposada per ell mateix. Comentaven que la seva abstinència li permetia assolir nivells d'espiritualitat negats als altres mortals i el seu prestigi arribava a les fronteres més allunyades del regne.

També deien que va ser Ramosi que va convèncer el seu predecessor perquè construïssin un nou temple a Men-Nefer, ric i opulent, amb grans columnes que suportaven els sostres enlairats gairebé trenta *mehs* del terra. Els seus jardins rivalitzaven amb els del temple d'Apis, un llac ple a vessar de peixos li atorgaven el do de la vida i un altar, tot d'alabastre finament polit, servia de peu a la magnífica estàtua de Ra coberta per enter d'or i amb dues maragdes, com mai no s'havien vist, que li feien d'ulls. Tan bon punt va morir Kinne i ell va accedir al lloc de summe sacerdot de Ra, havia abandonat Iunu per assentar-se a la capital. Ara, era un rostre conegut a tota la ciutat i assidu visitant de tots els palaus i de les cases dels nobles més importants amb els quals mantenia llargues converses. Algú gosava dir que era més que perillós: era ambiciós.

Un dia, el summe sacerdot de Ra va anar a parlar amb Snefrú. El faraó Huni, senyor de totes les terres del Nil, ja era gran i corrien rumors que estava molt malalt. De fet, ja no sortia del palau reial i tothom deia que cada dia la seva llum s'apagava un xic més. Això plantejava un problema al consell, perquè el faraó no es pronunciava. Qui en seria, el successor? Sedum només havia vist un cop al faraó, de refilada, amorrat al terra i amb el cap entre les mans. Va ser tot just uns dies després d'arribar. Huni visitava la seva filla i ell va sortir al jardí, però un soldat el va obligar a agenollar-se i abaixar la testa. El faraó era un ancià, però la seva sola presència, envoltat de la magnificència dels vestits i dels guàrdies, infonia respecte.

En arribar als jardins de la casa d'Snefrú, Ramosi va descobrir Sedum, que anava amb uns papirs a la mà. En tot aquell temps, Ramosi havia oblidat l'existència de qui va salvar a Aswan.

Sedum es va inclinar per saludar respectuosament Ramosi, tal com correspon a la seva alta dignitat, perquè els summes sacerdots gaudeixen del mateix nivell que els alts consellers del faraó. A ells se'ls ha de respectar, perquè són els missatgers del cel i els interpretadors dels designis dels creadors.

—Què tal li va al meu jove amic Sedum? —va preguntar Ramosi.

Encara se'n recordava, del seu nom, i l'esclau lliure es va sentir afalagat.

—Serveixo el meu senyor, digníssim Ramosi —va respondre—. Amb llibertat i de tot cor —afegí.

Ramosi va somriure, enigmàtic. Una idea li creuava pel cap. I va fer:

—Has resultat ser tan bon comptable com deies?

—Sí, ho soc.

—I com van els comptes?

—El noble Snefrú és ric i poderós.

—Poderós... —va fer un curt silenci, i afegí—: Sí, ho és. Però, també és tan ric com hauria de ser?

El to amb què va pronunciar aquelles paraules no va agradar a Sedum, gens ni mica. Ràpidament va fer comptes. Quan Ramosi parlava (tothom ho deia) sempre havies d'estar a l'aguait. Si tant s'interessava per la comptabilitat d'Snefrú, és que alguna cosa sabia. I no era d'estranyar, perquè Useriv cada dia posseïa més terres i més cases i Tiie semblava haver nascut en l'abundància. Tur, no obstant això, era més subtil i procurava amagar les seves riqueses, que superaven de bon tros les del seu ajudant. Així i tot, s'havia de ser molt cec per no fer-se preguntes sobre l'origen de tanta abundor.

—Tur és un home molt meticulós, fins a l'extrem que, malgrat el temps que ja fa que treballo a les seves ordres, els comptes importants els duu ell, personalment — va respondre Sedum.

—I els controla bé?

—Suposo que sí, digníssim Ramosi —va afirmar el comptable, però el sacerdot va seguir esperant. Llavors, Sedum va fer—: En tot cas, Useriv l'ajuda. I quatre ulls veuen més que dos. Però, jo no soc ningú per dir res, perquè em dedico a altres tasques.

—Tot depèn de la qualitat dels ulls que miren. No creus?

—Així és, digníssim Ramosi.

—I, si dos ulls desperts descobrissin algun error, a qui creus que ho hauria de comunicar?

—Al seu superior, naturalment.

—Sempre?

—Crec que sí, perquè, per exemple, si un humil comptable com jo descobrís un error i corregués a explicar-lo al noble Snefrú, es podria prendre per un excessiu desig d'agradar o per una mostra d'orgull o per l'ambició d'obtenir la gratitud i un lloc millor. Tal vegada, seria més assenyat esperar que algú amb prou poder i capacitat m'ho demanés directament.

—Continues tenint resposta per a tot —somrigué Ramosi—. I continues sent prudent. És bo saber amb qui i quan has de parlar. I, encara millor, tenir preparada la paraula per quan arribi el moment.

—De tu, digníssim Ramosi, la saviesa sempre surt en forma de grans consells —respongué el comptable. Llavors Ramosi es tombà per marxar, però Sedum encara no havia quedat satisfet. Alguna cosa cercava el summe sacerdot i ell l'havia de descobrir. De manera que va gosar demanar—: Potser, em podries atorgar resposta a una pregunta que em turmenta?

Ramosi s'aturà i el mirà.

—Digues.

—Si un home veu alguna cosa que no entén, què és millor: preguntar-la directament o seguir investigant pel seu propi esforç fins esbrinar el misteri?

El summe sacerdot somrigué. Aquell jove era astut com una guineu. Havia copsat que el summe sacerdot emprava un llenguatge farcit de segones intencions i havia posat una pregunta que en res el comprometia i molt li podia aclarir. Calia no perdre'l de vista. I va triar amb cura les paraules que empraria per a la resposta.

—L'agosarat, a qui no li fa por el ridícul, preguntarà. L'home prudent investigarà i quan trobi la resposta la confrontarà amb un altre home prudent, per assegurar-se de la certesa dels seus raonaments —va explicar lentament el summe sacerdot, sense deixar d'escorcollar els ulls del comptable, que romanien baixos. Va fer una pausa i oferí—: Vine a visitar-me, al temple, quan creguis que has de menester algú amb qui parlar.

—Gràcies, digníssim Ramosi. Així ho faré i que Jnum, Apis i Ra guardin les teves passes.

Sedum el va veure caminar cap a palau i es va quedar pensarós. Havia començat a trepitjar un terreny perillós i havia d'esbrinar quin paper hi jugaven Tur i Useriv. Tal vegada ells eren homes prudents que parlen amb un altre home, també prudent, i, llavors, ell encara hauria de ser-ne més, de prudent.

El summe sacerdot, abans d'entrar a la casa d'Snefrú, es tombà i va contemplar el comptable. Era algú a qui no havia d'oblidar, algú que, tard o d'hora, hauria de pagar-li un deute, i calia pensar quin seria el preu, perquè tothom ha de saber que, en aquesta vida, ningú no dóna res a canvi de res, i, menys, un sacerdot de Ra.

—A què es deu la visita de tan alta persona? —tallà els seus pensaments la veu d'Snefrú.

—Aquesta nit Ra m'ha enviat una visió. El gran faraó és a les portes d'un gran viatge i tu i jo, noble Snefrú, hem de parlar —respongué el summe sacerdot i ambdós desaparegueren del jardí.

*** ***

El sol fregava l'horitzó enrogint-ho tot, confonent cel i terra i aixecant les ombres per tal de cercar l'activitat després d'una nit tranquil·la de descans, però, aquell dia, la gent no va sortir al carrer. Men-Nefer, sencer, restava en silenci. El Nil també romania callat. No hi havia barques ni pescadors, perquè Huni, el gran faraó, l'home més alt d'Egipte, acabava de morir.

La notícia va arribar al palau d'Heteferes a darrera hora de la tarda i totes les sales, les estances, els dormitoris, les terrasses i els jardins apareixien tristos i compungits. Ja feia dies que la llum del faraó esmorteïa, que el bon Osiris havia cridat Isis per tal de dur-li el vel que amaga el darrer descans. Snefrú, aquell matí, va sortir de pressa. Heteferes no hi era. La nit anterior havia dormit al palau reial. Tot eren comentaris en veu baixa i cares de tristor.

Sedum, igual que Tur i Useriv, feia els seus càlculs, callat, amorrat damunt dels papirs dels comptes. Ramosi havia visitat amb massa freqüència el seu senyor i les reunions s'havien allargat fins a altes hores del vespre. Huni moria sense fills que poguessin accedir al tron, perquè la llei impedeix que les dones s'asseguin a la més alta cadira del regne. Ha de ser un home dur i valent, capaç de comandar els exèrcits i defensar les fronteres, resa la llei.

Qui seria, per tant, el seu successor? Ningú no ho sabia. El faraó, refiat que seria etern, no s'havia pronunciat en aquest sentit. Segons la llei, un germà, però ja eren massa grans i ningú no creia que cap d'ells sentís el desig de carregar damunt les seves espatlles el pesant farcell del poder. A més, no el podien passar als seus fills, perquè tampoc existien. Però Snefrú, aquell brillant oficial, vencedor dels nubis, espòs de la filla d'Huni i estimat pels sacerdots...per què no? A més, Heteferes ja li havia donat un fill. La continuïtat restava garantida amb Kannefer, que acabava de complir un any de vida. I si el seu senyor accedia al tron, llavors... Tur, Useriv i Sedum serien comptables del faraó. El problema —reflexionava Sedum— era que seguiria tenint a aquell parell damunt seu i el joc continuaria, només que a major escala, amb la qual cosa el perill de caure seria més gran.

El condol i els gemecs de les ploramorts van durar més d'una setmana, com a testimoni del desig que el *ka* d'Huni, l'ànima, arribés a assolir el *zet*, l'eternitat. El poble plorava la mort del seu rei i els sacerdots corrien amunt i avall. Alguns pregant pel *ka* del faraó i preparant la cerimònia final que tancaria a la terra per sempre més les despulles de l'home que havia estat rei de l'Alt i del Baix Egipte, de totes les terres del Nil. Un monarca estimat pel poble, prudent i savi, que havia impartit justícia amb equitat. D'altres, entre ells Ramosi, discutien les properes passes, mantenien llargues reunions i visitaven els consellers. Tot en silenci. Tot amb un secret que no trencava gens el respecte per les despulles d'Huni que els embalsamadors preparaven amb molta cura seguint les normes establertes pels metges de Djoser. Si l'esperit és etern, el cos també ho ha de ser. Aquesta és la creença.

Maniura, l'embalsamador reial, va tenir cura, personalment, que el cervell del seu senyor fos extret amb els ganxos a través de les foses nasals i que el buit deixat fos emplenat amb les herbes, els ungüents i els perfums de rigor, taponant totes les obertures (nas, orelles i boca) amb cera d'abella de la més fina i pura que va poder trobar. Després, l'escriba primer va traçar la línia damunt l'estómac i Maniura la va seguir amb precisió per apartar la pell i la carn i accedir a totes les vísceres, que també va extreure, deixant-hi els ronyons i el cor. Un ajudant va prendre les vísceres, les rentà i les dipositàals vasos amb les imatges d'Hapi, Duamufet i Quebehsenuf, per a què aquests déus asseguressin el funcionament d'aquelles parts fora del cos reial. Mentre, l'embalsamador va omplir el cos del faraó amb mirra, canyella i perfums i el va cosir. Finalment, el van dipositar al bany màgic, on reposaria durant seixanta dies per obtenir la seva eternitat.

Ningú mai no hauria pogut imaginar que els sacerdots, aquells homes de lent caminar i pausades paraules, de mirada clavada al cel i pacient contemplació, poguessin gaudir de tanta agilitat pels passadissos del palau reial. S'esmunyien com serps, sense aixecar els peus per no fer soroll, parlaven en veu baixa, un xiuxiueig impossible d'atrapar amb l'oïda, i mai no gesticulaven per tal d'impedir que ulls aliens poguessin endevinar les seves intencions o llegir als seus llavis o interpretar una expressió.

Ramosi els dirigia, a tots plegats, i es reservava per a ell les gestions més delicades, aquelles que no podia confiar a ningú, perquè les contrapartides excedien amb escreix els límits que els seus sacerdots podien assolir.

El seixantè dia, després de la gran cerimònia, després que el sarcòfag d'Huni fos tancat a la gran mastaba, Abu-Deber, visir del faraó mort, va trencar el segell del testament reial i va llegir-ne el contingut. El successor havia de ser, segons les instruccions d'Huni, "qui més ho mereixi als ulls de la llei". I els jutges d'aquest afer serien els consellers i els sacerdots de Ra. Curiosament, els sacerdots d'Apis havien estat exclosos d'aquest afer.

Ara, els servents de palau ja entenien perfectament les corredisses, les entrevistes i les reunions a porta tancada. Ramosi ja coneixia el contingut i les voluntats d'Huni i prou que volia assegurar-se que l'elecció recauria sobre algú de la seva conveniència. Per això, durant els dies que van precedir la mort del faraó, havia visitat Snefrú i havia pactat el preu.

—No t'has de preocupar, noble Snefrú —li havia dit, al futur rei de tot l'Egipte—. Me n'ocuparé personalment, i no hi haurà cap problema.

Dotze eren els grans sacerdots de Ra i disset els consellers i els ministres, ara sota la presidència del visir. Djoser, durant el seu regnat, va determinar que un nombre imparell seria més encertat, per tal que no es produís empat. La responsabilitat del consell era gran i les seves decisions afectaven tot el poble. I Huni també va considerar que era correcte. Per aquesta raó, Ramosi, conscient de la seva inferioritat, s'havia bellugat amb celeritat, oferint prebendes i honors a qui se li aplegués.

Encara van haver d'esperar cinc dies més perquè el consell anunciés al poble que l'escollit era Snefrú, per la gràcia del déu Ra. Potser sí que Ra hi tenia alguna cosa a veure, en aquesta elecció, però Ramosi sabia que les seves arts havien fet la major part. Detall que tampoc se li va escapolir a Sedum ni als sacerdots d'Apis.

El poble va aclamar Snefrú i el venerà com a nou faraó, mentre el comptable entreveia el resultat de les xerrades pels passadissos, a mitja veu, quan, poc després, quatre consellers rebien el títol de nomarca d'alguna de les terres i Abu-Deber era confirmat en el seu càrrec de visir. Aquest havia estat el preu. I pels sacerdots? Oh! Les quatre vacants del consell van ser ocupades tot seguit per ells, amb Ramosi al front, naturalment. I encara s'hi va afegir un altre sacerdot, fins que el nombre total de consellers arribà a divuit.

Per què divuit?, es preguntà Sedum. Per què arriscar-se a un empat en les votacions? Per què trencar una norma establerta per Djoser i confirmada per Huni? Era absurd.

Ramosi tenia la resposta, però. Aquest no era sinó el primer pas d'un llarg trajecte que s'encetava amb una nova llei que atorgava al faraó el vot de qualitat. Un nou concepte, desconegut fins aleshores, que afegia al poder del faraó la facultat de la darrera paraula. En cas d'empat, Snefrú prendria la decisió final.

—Quan més gran sigui el poder del faraó, tant més gran serà el d'Egipte —havia dit Ramosi als seus col·laboradors més fidels—. És més senzill controlar un sol home que no pas divuit, perquè sempre n'hi ha un que vol anar riu amunt, quan tothom cerca la mar, i acaba desgavellant el coble.

Naturalment, Snefrú, en veure la possibilitat que el tron d'Egipte caigués a les seves mans, poc es va demanar si era mercès a Ramosi o si la llei ja el situava en la línia correcta, i va pactar, i va accedir a totes les peticions del summe sacerdot, i va transigir, i va capitular. Ramosi, molt més intel·ligent, va saber convèncer el nou faraó que la religió i, més concretament, el déu Ra, li atorgaven el seu suport i que era el prodigi del déu sol que havia aconseguit que tots els consellers pensessin en la seva persona com el més digne successor del gran home que acabava de morir, com la flama que seguiria viva per donar llum a totes les terres del Nil, de l'Alt i del Baix Egipte.

*** ***

El *Khanisut-kha-bit*, la cerimònia de coronació del nou rei d'Egipte, va ser un espectacle magnífic, inoblidable. El poble va quedar bocabadat davant la fastuositat. Tots els sacerdots de Ra i d'Apis, els de Toth —vinguts de Jemenu—, els d'Horus —arribats de Per-Wadjet—, els d'Osiris —residents a Busiris—, els de la deessa Bastet —des de Bubastris—, els de Nejebet —des de l'Alt Egipte—... hi eren presents. No en va faltar cap. Cadascun amb els millors vestits, envoltant el tron, procurant que la seva imatge restés per sempre més a la memòria del poble, mentre que els nomarques de les províncies i els ambaixadors de les terres veïnes feien l'ofrena dels seus presents als peus d'Snefrú i d'Heteferes. Maragdes, turqueses, or, plata, coure, teles, pells, fustes precioses, perfums, olis... Els peus dels nous reis d'Egipte es van omplir de regals i els assistents deixaren anar expressions d'admiració, i Tur i Useriv van fer comptes de tot i ja pensaven en quina part els pertocaria. O millor dit: quina part podrien arribar a distreure, sense que ningú no se n'adonés.

Sedum, des del lloc on es trobava, a la terrassa del palau d'Snefrú, era un espectador privilegiat. Va seguir, fil per randa, totes i cadascuna de les passes de la cerimònia que tenia lloc a la plaça, davant les escales del palau reial. Les oracions i els precs als déus, el desig de llarga vida al nou faraó, d'abundosa descendència i de prosperitat per a totes les terres d'Egipte, es van enlairar. Cadascun dels summes sacerdots elevava el seu prec al seu déu i procurava que la seva veu se sentís amb força.

Ramosi, digne i orgullós, sabia que les seves paraules ja havien estat escoltades i que no li calia aixecar massa la veu, per la qual cosa no va triar el lloc preferent, sinó que es limità a contemplar els altres sacerdots i a esperar pacientment que tot hagués conclòs. La seva cursa era de fons, de llarga durada, i calia reservar les forces per al final.

Snefrú va rebre de mans dels summes sacerdots el *hekep* (el ceptre) i el fuet. Després, assegut al tron, amb els dos símbols creuats damunt del pit, en una actitud majestàtica, se'l va coronar amb la corona blanca —del sud—, la corona roja —del nord— i, finalment, el *pszheut*, símbol de les dues aplegades i senyal del seu poder sobre totes les terres del Nil, des de Núbia fins a la mar, des del Sinaí fins a Líbia, senyor de les terres negres i de les roges i gran benefactor d'Egipte.

La festa de la coronació va durar cinc dies, durant els quals Sedum va riure, va beure, va escoltar la música, va mirar les ballarines i va oblidar totes les seves preocupacions i totes les reflexions.

*** ***

Un mes després, quan tot havia représ la normalitat, Tur va ser cridat al palau reial i va tornar amb ordres ben concretes d'Abu-Deber. Havia estat nomenat tresorer del nou faraó i els tres comptables s'havien de traslladar. Les secretes prediccions de Sedum esdevingueren realitat i van anar a viure a prop d'Snefrú.

Les noves dependències dels comptables eren immenses, amb una biblioteca i un magatzem on guardaven totes les escriptures, tots els contractes, totes les taules i els papirs que contenien la història econòmica i política d'un país. Dos-cents cinquanta-set escribes i comptables constituïen les forces del nou tresorer.

Sota les ordres de Tur s'inicià la tasca de conèixer la muntanya de dades i més dades. L'antic tresorer, Setepi, va complir fil per randa amb les seves obligacions, va rebre una generosa satisfacció, amb terres, or i argent, que li permetria de viure la resta dels seus dies, i va deixar el seu lloc. Tur va passar a comandar directament el petit exèrcit de comptables i escribes i va convèncer Abu-Deber perquè Useriv fos nomenat el seu ajudant, amb el títol de cap dels graners, i ambdós decidiren que Sedum, el pobre babau, seria el seu home de confiança. Nogensmenys, l'antic esclau era ben conscient que, en el fons, res no havia canviat. Ara els tresors eren més i les mans de Tur i Useriv s'omplirien a vessar, mentre ell seguiria sent l'home silenciós que res no veu, res no sap i res no diu, sinó que executa les ordres tan bé que pot.

El temps va passar i una tarda un sacerdot va arribar a palau amb un missatge de Ramosi, per a Sedum, que l'endemà, ben aviat i seguint el desig de l'autor de la nota, va marxar cap al temple de Ra.

Ell mai no havia entrat en lloc sagrat, llevat de quan es va amagar de la fúria dels nubis, a Aswan. En arribar a les portes, va contemplar els murs alts que envoltaven i amagaven els secrets d'aquells edificis. Un sacerdot li va obrir la porta i el va fer entrar. La magnificència amagada a l'interior d'aquelles parets superava de bon tros allò que la imaginació li havia dibuixat. Els comentaris que havia escoltat es confirmaven amb escreix. Un gran llac era el centre dels quatre jardins, cadascun orientat cap a un punt cardinal, que partien de les aigües i constituïen quatre avingudes que separaven els quatre edificis principals. Sedum va seguir el sacerdot fins a un dels jardins, on Ramosi l'esperava tot passejant sota l'ombra de les figueres.

—La nostra darrera conversa va quedar interrompuda —li va dir el summe sacerdot de Ra. Altres sacerdots caminaven a prop d'ells, llegien oracions, conversaven o meditaven.

—Penso que no, digníssim Ramosi. Vas atorgar-me la teva saviesa i jo em vaig sentir satisfet —li va contestar.

—Sí, però em sembla que no has trobat resposta per al teu torbament. Veuràs: he estat pensant molt amb tu i he arribat a la conclusió que, tal vegada, ets en perill.

Sedum va sentir que un escruiximent recorria tota la seva esquena. Es va aturar i va mirar dos sacerdots que venien cap a on era ell. El summe sacerdot continuava caminant. Si Ramosi deia que era en perill, ho estava del cert. I si no ho estava, ho estaria. Amb ell pel mig, no en tenia cap dubte, perquè la seva fama de conspirador arribava a qualsevol racó, i la seva habilitat per crear qualsevol situació, encara més. Va caminar de pressa i va atrapar de nou el seu interlocutor.

—Em sento profundament commogut perquè el summe sacerdot de Ra, amb la seva infinita bondat, es digna preocupar-se per la meva humil persona —va fer amb precaució, i va afegir—: Qualsevol consell serà una benedicció.

Ramosi s'ho va prendre amb calma. Va caminar lentament cap al pati dels ametllers. Sedum el seguí, procurant ser a prop d'ell, però sempre enrere. De sobte, el summe sacerdot es va aturar i el mirà.

—L'home que s'enlaira pel damunt del seu límit, esdevé infecund i inútil —va fer. Sedum no va badar boca—. Tur ha arribat on la seva intel·ligència ja no és clara, però el faraó, enmig de les moltes preocupacions del govern, no ho pot veure. A més, Abu-Deber ja és massa gran —féu un petit silenci, i coronà—: I això és perillós, per a ell i a per a d'altres.

—Tur sempre ha estat el comptable d'Snefrú, gran faraó i senyor de totes les terres del Nil. I és un home que viu per al seu rei.

—Cert. I l'ha servit bé. Però les altures maregen, perquè mires lluny i deixes de contemplar allò que tens a la vora —va somriure Ramosi, i Sedum va seguir en silenci—. Llavors, l'ambició t'ofega i oblides els amics. Fins i tot, arribes a creure't un déu, perquè penses que pots dominar tot allò que la vista t'ofereix.

—Tal com parles, jo diria que és Tur, que és en perill, i aquesta conversa, tal vegada, l'hauries de tenir amb ell.

—L'home que es creu un déu no escolta.

Va girar cua i va seguir caminant. Sedum pensava a corre-cuita. On volia anar a petar, Ramosi?

—Potser m'has fet venir per demanar-me que parli amb ell? —va preguntar amb timidesa.

—Si no escolta qui pot parlar, com t'escoltarà a tu?

—Llavors, no entenc què hi faig aquí. Si poguessis parlar més clar, per tal que la meva limitada intel·ligència t'entengués...

Ramosi es va aturar de nou i va afirmar amb el cap. Llavors digué:

—Hem de protegir el faraó de les ambicions desmesurades dels seus servents. Si ell arribés a descobrir que algú l'enganya, tots els que porten els seus comptes serien castigats —va alçar una cella i va preguntar—: Entens què vull dir?

—Però, jo no l'enganyo —encara va intentar, el comptable, fer-se el babau—. Compleixo amb la meva feina i prou.

—N'estic segur —somrigué Ramosi—. Tanmateix, qui s'ho creuria, després de més de dos anys a les ordres de Tur? En aquest temps, una persona desperta, hauria pogut adonar-se de certes irregularitats.

—Potser no soc tan despert com sembla —es va defensar Sedum.

—Llavors, com és que ets al servei del faraó?

Maleït siguis!, va pensar el comptable. Per primer cop l'havia deixat sense paraula. Volia enxampar-lo, tant sí com no, i ho havia aconseguit.

—Com ja he dit, la meva intel·ligència és limitada, però tinc la humilitat d'acceptar qualsevol consell que sigui assenyat —inclinà el cap, en senyal de respecte i submissió—. I si prové de la teva digníssima persona, serà més que assenyat. Serà savi.

—Tenir els ulls ben oberts ajuda i saber quins són els vertaders aliats és una garantia de continuïtat —va seguir caminant Ramosi, i Sedum al seu darrere—. Tots aquells que servim Egipte, servim el faraó, i la tasca encomanada per Ra és clara: hem de protegir-lo perquè ell ens protegeixi a nosaltres. Viatgem en el mateix vaixell i hem de remar plegats. Altra cosa seria perillosa. M'explico?

I tant que s'explicava! Sedum va abandonar el temple i, conforme caminava pels carrers, entre la gent i els mercaders, reflexionava, aliè per enter a tot el bullici que regnava al seu voltant.

Ja era el segon cop en poc temps que Ramosi li suggeria un camí. D'altra banda, era evident que Tur havia girat l'esquena al summe sacerdot, refiat que ara era el comptable primer del faraó, el tresorer reial, i cregut que allò el deslliurava de tot mal. No trigaria gaire a caure, va concloure Sedum, però, el problema és que ell, si acceptava la proposició de Ramosi, s'enlairaria, però... i després? No seguiria les mateixes passes que Tur? Potser no idèntiques, perquè, vista l'experiència, ja miraria de no robar. Tanmateix, si acceptava, seria en mans del summe sacerdot, una joguina, un caprici del qual podia prescindir‐ne quan volgués, perquè li seria ben senzill demostrar que havia traït el seu senyor tot passant‐li informació. I ell, Ramosi? Ell simplement s'excusaria tot dient que l'havia posat a prova per tal de veure fins on arribava la seva fidelitat.

Encara hi havia un detall que preocupava Sedum força més. En les dues converses, Ramosi no havia fet cap al·lusió al deute que tenia envers ell. I res de més fàcil. Només li havia de dir: dóna'm informació i hauràs complert. Però, no. No li ho havia dit. Significava, allò, que no hi havia deute? N'havia de ser molt, de babau, per creure‐s'ho! La memòria de Ramosi era famosa pertot arreu. Què hi passava, per la ment d'aquell home?

L'única cosa que Sedum tenia prou clara era que el cap de Tur perillava i, amb ell, el d'Useriv i... el seu.

*** ***

Durant el primer any de regnat del nou faraó es van produir diversos canvis. Snefrú volia ser un bon governant i treballava incansablement. La seva jornada començava només llevar‐se el sol. La primera tasca consistia a prendre el bany i deixar que els servents personals tinguessin cura de la higiene de tot el seu cos, amb perfums i massatges. Després, abans de prendre els aliments, pregava els déus perquè li infonguessin saviesa i justícia i els oferia sacrificis. I un cop acabat el refrigeri, se n'anava directament a la sala de les audiències, on ja l'esperava un escriba que l'informava de la marxa del país i li llegia les cartes, així com li feia esment de la llista de peticions i de les visites que hauria de rebre.

Invariablement, Snefrú es reunia amb els ministres, els escoltava i dictava les noves ordres. Després, rebia la gent que havia demanat de parlar amb ell i impartia justícia, dictant les seves voluntats a l'escriba que prenia nota i hi afegia el segell reial.

Aquest tarannà amable i obert li va procurar l'estima del poble i, quan va decidir que havia d'acabar de bastir la tomba que inicià el seu predecessor Huni, no va tenir cap mena de dificultat per trobar obrers i artesans ben disposats a treballar.

Just un any després de la seva entronització, Tur va rebre l'ordre de preparar-ho tot per tal de contractar obrers. Els vaixells es van posar en moviment, les pedreres de Tebes i Edfú començaren a tallar blocs de roca i, aprofitant la crescuda del Nil, les pedres viatjaren riu avall. La tomba havia estat emplaçada a Meidum, al sud de Sakkarà, més a prop del sol que la tomba de Djoser. Huni havia estat enterrat en una mastaba gegantina i un cop bastit l'enorme edifici de tres plantes, amb les parets inclinades i coronada amb una punxa que assenyalava cap al cel, el sarcòfag seria traslladat per reposar-hi eternament.

Ramosi va contemplar amb molta cura com anava pujant la nova construcció. Era agosarada, anava més enllà que el mateix Djoser. Una idea li bullia dins del cap i va cridar Shemaí, l'arquitecte que li havia dissenyat el temple.

—Què me'n dius de la tomba que Snefrú ha manat acabar?

—És agosarada i magnífica.

—I no es podria haver fet així? —va prendre el pinzell, sucà la tinta i dibuixà un triangle damunt del papir.

—Com una piràmide?

—Exacte. Series capaç de calcular-la?

—És difícil, però no impossible —s'ho va rumiar Shemaí. La idea era atractiva i mai ningú no havia gosat fer una cosa com aquella. Una estona després, va dir—: Sí, digníssim Ramosi. Crec que sí.

—Doncs, fes-ho. I no diguis res a ningú. Ho has entès? Això serà un secret entre tu i jo.

—I el preu?

—Posa'l tu mateix.

Shemaí va inclinar el cap i va sortir. Ramosi es va atansar a la finestra i contemplà el palau reial. Ell era fill d'un sacerdot de Ra, havia accedit al temple a l'edat de sis anys i havia estat educat en la saviesa i en la duresa de la temprança. No menjava com els altres sacerdots, sinó que procurava tenir molta cura del seu cos, perquè sabia que la ment és qui ordena el cos, però que el cos llastra la ment. A l'edat de divuit anys va tenir una visió. Egipte seria gran i etern si eren els déus que governaven, mentre que si les decisions restaven en mans dels homes, tot cauria. I també sabia que el veritable poder ha de manifestar-se des de l'ombra, tal com fan els déus. Per això, quan va complir vint anys, esdevingué sacerdot de Ra i va iniciar un llarg camí per tal que el seu somni, missatge diví, atrapés la realitat.

—Egipte serà etern. Jo ho aconseguiré —xiuxiuejà, i no va apartar la mirada del palau reial.

4.- EL MESTRE

Ramosi, després d'aquella conversa al jardí del temple, semblava haver-se oblidat de Sedum. Si més no, així ho va creure el comptable, que va viure un temps de tranquil·litat, encara que ben ric en esdeveniments. Però, la seva aparent pau obeïa al fet que el summe sacerdot tenia el cap ficat en altres assumptes molt més importants.

En aquell temps, el poder del faraó s'estenia a totes les terres de l'Alt i del Baix Egipte, però la llei el limitava i l'obligava a prendre decisions de comú acord amb el consell, dins del qual la força dels sacerdots cada cop era més gran, però no prou perquè encara es mantenia un equilibri que permetia que el govern del país fos un consens després de discussions entre els homes que es reuneixen per mirar pel bé del poble, i que tantes satisfaccions havien donat a la història. Des de Menes, fundador de la primera dinastia, fins a Snefrú, fundador de la quarta, Egipte havia sortit de les coves, havia crescut, havia estudiat i havia descobert tantes coses que ningú no dubtava que era el país més gran i més poderós del món. Aquesta afirmació venia corroborada per les notícies que arribaven amb les caravanes del desert i els vaixells fenicis. Tothom mirava les riberes del Nil com l'exemple a seguir.

Aquest delicat i perfecte equilibri s'hauria pogut mantenir, però el summe sacerdot del temple de Ra, en una maniobra difícil d'entendre a primer cop d'ull, va prendre la decisió de nomenar el faraó fill del sol. Fins aleshores, cap faraó havia estat emparentat directament amb una divinitat.

I, ara, per què?, es demanà Sedum quan va rebre la notícia. No n'hi ha prou amb la consideració de ser l'home més noble del país? Ningú no discutia la seva autoritat i tothom se l'estimava tal com era, com un home intel·ligent i valent que dirigia els destins d'una nació poderosa i respectada, quan no temuda.

Una nova cerimònia, tan gran i tan fastuosa com el *Khanisut-kha-bit*, va tenir lloc a Men-Nefer. Només que no hi van assistir bona part dels sacerdots dels altres temples. Fins i tot, hi va haver comentaris sobre la inoportunitat d'aquest nou plantejament. Però, Ramosi tenia a la seva vora Abu-Deber i va aconseguir que el consell en ple aprovés una llei que reconeixia els faraons com a fills de Ra i afegia que a la seva mort marxaven per reunir-se amb el déu de la llum. D'aquí van néixer nous títols per coronar el senyor de totes les terres del Nil, el gran faraó, que, a partir d'aquell instant, esdevenia Fill de Ra i Llum d'Egipte. El més curiós de tot és que aquestes lleis havien de ser per acord de tots els membres, sense cap excepció, i que no hi va haver ni el més mínim impediment.

Ramosi, el dia que el consell va aprovar la llei, va tornar al temple i va descansar. Per fi havia arribat a la porta d'entrada, al lloc que tant i tant havia somiat. A partir d'ara tot seria més planer i la revolució que havia imaginat dins del seu cap començava a fer-se realitat, no parava de pensar. Una revolució particular, amb els paràmetres escollits per ell, naturalment.

Per al poble semblava talment que res no havia canviat, com si allò representés un títol honorífic que tothom acceptava de bon grat. Però, de mica en mica, la situació va prendre un gir molt important. Els mesos següents van significar un augment lent i progressiu del poder del governant, fins a l'extrem que en certs moments prenia iniciatives sense comptar amb l'aprovació del consell, que començà a perdre força, i sense escoltar·se els savis consells d'Abu·Deber que, malgrat la seva avançada edat, continuava mantenint el cap clar. Llavors, també de forma inexplicable, va néixer la llegenda que el faraó parlava directament amb Ra i les seves paraules eren el reflex del pensament i del desig del déu del sol. Ramosi no perdia el temps.

De retruc, els sacerdots del temple de Ra van enlairar·se pel damunt dels altres. Cert era que alguns egipcis, en morir, llegaven les seves terres i riqueses als temples per tal que els sacerdots tinguessin cura de la seva tomba per sempre més, però, de sobte, Ra esdevingué el predilecte i els regals i les terres van augmentar i van engrandir les seves riqueses que, deien els rumors, ja amenaçaven amb superar les del faraó. Terres que esdevenien sagrades, conreus que servien per alimentar els estómacs dels sacerdots, de les dansaires i de les cantores i engreixar les arques del déu del sol.

Sedum no parava de fer comptes i més comptes, i moltes més preguntes, però el poble, lluny de reflexionar, es va sentir afalagat, perquè els sacerdots havien elevat al rang de fill déu la figura d'un mortal i els havien promès que ell vetllaria pels seus súbdits quan el seu *ka* arribés als peus de Ra. Naturalment, no és el mateix ser manats per un home que per una entitat celestial, ni ser protegits per la força de les armes que per la intercessió de les entitats celestials. No obstant això, també va permetre que els lligams entre l'Alt i el Baix Egipte fossin més grans. Qui gosaria enfrontar·se a un déu vivent?

Si a tot això hi sumem que Snefrú va arribar a la conclusió que ja estava fart de pagar massa cares les turqueses i el coure de les mines del Sinaí, i que va armar un exèrcit de cinquanta mil homes, va iniciar una campanya i va marxar sobre les muntanyes que s'aixequen a l'est, tot conquerint aquelles terres, el quadre final resta prou clar. El faraó, amb la protecció del seu progenitor Ra, podia dominar el món sencer, si ho desitjava. Qui podia dubtar-ho?

L'any següent, els nubis, al sud, van posar de nou en perill Aswan; Snefrú es posà al front d'una nova força de setanta mil soldats i engegà una expedició a Núbia, amb idèntics resultats que al Sinaí i un botí important en terres, esclaus, or i pedres precioses. Set mil dones i homes engrandiren les files dels seus servidors, dos-cents mil caps de bestiar feren que els ramats d'Egipte esdevinguessin els més grans que mai no s'havien vist i el Nil es poblà de vaixells que transportaven els carregaments de fusta que servirien per pal·liar la penúria que d'aquest material patia el país més poderós de la terra. Aquest fet va recordar als homes negres de les terres més altes del Nil, de més enllà de les cascades, que ell manava i que ningú, sota cap excusa, podia envair els seus territoris, perquè el seu poder arribava al racó més allunyat d'Egipte i estava sota la protecció dels déus. El seu retorn va ser triomfal i totes les ciutats li van retre homenatge, des d'Aswan fins a Men-Nefer, tot passant per Nejeb, Kuft, Abudu, Hatnub, Jemenu,... Pertot arreu va ser aclamat com un déu vivent.

Des d'aleshores, les seves decisions esdevingueren més i més indiscutibles i els escribes van donar fe de les mateixes, afegint-hi al final que era el fill de Ra qui les havia pres, convertint la seva paraula en llei i el seu desig en missatge diví.

En aquell temps Heteferes li donà un segon fill, a qui van posar per nom Kheops. Kannefer tenia tres anys i tot el país va celebrar l'arribava del nouvingut amb grans festes. La continuïtat estava més que garantida i quedava clar que Apis, Osiris, Isis, Ra i tots els déus li atorgaven les seves benediccions.

La tomba iniciada pel faraó Huni va ser enllestida i el poble va quedar bocabadat davant els tres immensos graons que acabaven en una punxa que apuntava al cel. Però, curiosament, Snefrú oblidà la seva paraula i no traslladà el cos del seu predecessor, sinó que se la mirava amb desig. Aquella era una tomba digna del fill de Ra.

*** ***

Un matí, Sedum va entrar a l'arxiu dels papirs, la immensa sala amb poselles que arribaven al sostre, suportat per vint columnes de quinze *meh* d'alçària, lloc que produïa en el jove comptable un estrany sentiment de finitud i de petitesa. Algun cop, quan estava sol, havia arribat a creure que aquelles muntanyes de documents el miraven amb els ulls de la història i el silenci d'aquells murs li infonia un respecte majestuós.

Aquell dia Tur romania assegut, amb l'esquena encorbida i el rostre gairebé amorrat damunt la taula, examinant amb molta cura uns documents. Tan capficat estava amb els números, que no va sentir arribar Sedum, que es va atansar fins gairebé tocar-lo. Quan el va saludar, darrere seu, Tur es va espantar i va enrotllar el papir amb una velocitat sorprenent. L'antic esclau gairebé no l'havia pogut veure, però sí que va copsar que no eren comptes del faraó, sinó els seus propis, de Tur, i que no li havia fet el pes que l'hagués enxampat. No va fer cap esment ni cap comentari, però.

Durant la resta de la jornada, Tur va mirar Sedum d'una forma estranya i li va fer moltes preguntes per intentar esbrinar si havia pogut llegir-ne el contingut.

Tanmateix, Sedum, fidel als ensenyaments rebuts, es va escapolir com va poder, però el tresorer del faraó no es va quedar tranquil.

Pocs dies després, Tur el va cridar, se'l va endur a la petita habitació annexa a la sala del papirs, que li servia de despatx, i durant força estona el va cobrir d'afalagaments i va lloar llargament el mèrits i la discreció del comptable, per acabar assignant-li noves tasques. Ara hauria de viatjar des de Buto fins a Abu Siena. Per controlar l'administració de les possessions del faraó, li va dir el seu superior. Sedum, en un primer moment es va sentir sorprès i afalagat per la devoció que li manifestava Tur. Així i tot, en abandonar el despatx, el comptable tercer reflexionà i va copsar que no era cap honor, naturalment, ni cap premi pel seu treball, sinó més aviat una forma d'allunyar-lo de palau. Era evident que Tur ja no s'empassava que Sedum fos cap babau. L'estava observant des de feia temps i l'havia sorprès descobrir trets d'intel·ligència que no s'adeien amb el tarannà sempre callat i sumís del seu subordinat, sinó que, ans al contrari, confirmaven la prudència d'un home de moltes llums, per la qual cosa havia arribat a la conclusió que només hi havia dos camins: o el feia participar del pastís o l'allunyava.

Allò que no sabia Sedum és que Tur havia considerat les dues possibilitats i, finalment, va decidir que la segona opció era més interessant que no pas la primera, entre altres raons, perquè no hauria de compartir res i, si algú li havia de pagar un silenci, que fos el propi faraó. De manera que li va assignar noves tasques i el salari de Sedum s'engrandí. Noves responsabilitats, noves recompenses. I el babau va seguir callat, perquè també tenia els seus plans.

Ja feia algun temps que Sedum havia conegut un artesà de nom Intef, amb qui l'unia una bona amistat. Intef era un home senzill, d'aspecte humil, amb una gran capacitat de treball i un bon sentit de la justícia i l'equitat.

Tuit, que així es deia la filla d'Intef, era dolça com la mel, d'aspecte sa, amb la pell morena pel sol, un rostre amable i uns pits formosos i grans. Forta i treballadora, també sabia cuinar molt bé i ajudava la seva mare en les feines al petit camp que l'artesà tenia vora la casa.

Sedum, només veure-la, es va enamorar d'aquells ulls negres i profunds com la nit, sincers i de mirada entre tímida i espantada que semblaven fugir cada cop que es creuaven amb els del jove per, quan Sedum es distreia, retornar i esdevenir tendres. Finalment, una tarda, li va declarar el seu amor i la noia, gairebé amb un xiuxiueig, li va dir que sí, que ella l'acceptava com a marit, decisió que el pare confirmà, mentre el cor de Sedum s'omplia de joia i felicitat. No podia haver fet millor tria. Tuit, n'estava convençut, seria una bona esposa i li donaria fills sense que engrandirien la seva casa.

Quan ho va comunicar a Tur per tal que parlés amb Snefrú i li demanés permís per casar-s'hi, no hi va trobar cap impediment. Ans al contrari, Tur va acceptar l'encàrrec i un mes després Tuit i Sedum celebraven la boda i anaven a viure a una petita casa que ell havia comprat en un extrem de Men-Nefer. No era gran cosa, però era seva, d'una sola planta, amb quatre petites estances. La primera de totes, només franquejar l'entrada, era el rebedor, on hi havia la comuna enlairada tres graons del terra i separada per una porta estreta. Immediatament després apareixia la sala principal de sostre més alt i amb una columna en el bell mig que servia de nervi i suport de tota la construcció. Des d'aquí s'accedia al dormitori i, a un costat, donava pas a un passadís que servia de rebots i que conduïa fins la cuina, situada al fons de tot i que amagava una escala per la qual es pujava a la terrassa que serviria perquè la seva esposa i els seus futurs fills —ell desitjava una abundosa descendència— hi fessin vida. A Sedum li hauria agradat disposar d'un petit tros de terra, malgrat només li permetés plantar-hi algunes cebes, enciams i poca cosa més, però no va poder ser. Intef el va ajudar a arreglar-la i, plegats, van aconseguir que aquelles parets despullades s'omplissin de color vius i alegres i que uns quants mobles, senzills, acabessin d'enriquir la seva nova llar.

—Un home que té responsabilitats és més vulnerable —va aplaudir Dedet la bona estrella del seu marit Tur, tresorer del faraó.

A partir d'aquell dia, la vida de Sedum semblava haver canviat del tot. Lluny restava el record dels temps d'esclavatge, malgrat que va ser un dels privilegiats, i per fi podia cridar ben alt que la promesa feta als peus del llit de la mare l'havia complert amb escreix. No únicament era lliure, sinó que posseïa una casa i una esposa, ocupava un càrrec a prop del faraó i viatjava per tot l'Egipte, sent rebut com un emissari reial i tractat com algú poderós a qui s'ha de respectar. En definitiva, ja tenia un nom i només li calien uns fills que el perpetuessin. Llavors, segons deien els papirs sagrats, el seu *ka* esdevindria immortal i etern.

Sedum hauria de confessar que, en més d'una ocasió, va sentir la terrible temptació d'aprofitar-se del seu càrrec i apartar un xic d'aquelles riqueses que passaven per les meves mans, però Tuit no era com Dedet i Tiie, les esposes dels altres comptables. Sabia administrar i no era presumida ni demanava regals, ni teles, ni perfums. Quan ell arribava, la taula estava parada i el menjar a punt. En caure la nit, Tuit tenia cura d'ell, el banyava, li acariciava tot el cos i el preparava perquè l'un gaudís de l'altre i el llit esdevingués oasi d'amor. Amb tota aquesta fortuna, Sedum vivia convençut que els déus el miraven de bon ull i li atorgaven les seves benediccions.

Naturalment, ja havia conegut dona. Ho va fer a Aswan, amb una altra esclava, una noia jove i voluptuosa amb unes cuixes llargues i uns malucs sensuals i juganers que es movien sense destorbar la cintura de ventre llis, en una dansa que constituïa un vertader regal per als ulls. Cada vegada que passava per davant del jove, deixava escapolir somriures i missatges silenciosos amb cada cop de maluc, i se les va enginyar per fer-lo entrar a les dependències de l'esposa del nomarca, un dia que l'ama era fora, lluny de casa, per visitar una germana. Aquell vespre, Sedum va poder acariciar uns pits durs i ferms, xuclar el nèctar dels llavis que ella li oferia obrint-los de bat a bat per atrapar-li la llengua i mantenir-lo presoner, mentre el captivava amb el perfum de la seva pell i l'embolcallava amb l'embruix de la seducció, conduint-lo lentament a l'esclat de tots els sentits, a aquells moments sublims, gairebé un instant, frontera entre dos universos que semblen, de vegades, produir-nos la mort. Aquella experiència la van repetir els dies següents, d'amagades, aprofitant les penombres i escapolint-se de nit. I els records, tendres records d'un infinit de carícies, i la violència, apamada i mesurada violència d'amor i passió, romanien a la seva memòria com un dels més grans records, fins el dia que Ita va ser venuda i va marxar d'Aswan per perdre's per sempre més, confirmant-li, un altre cop, que els esclaus no tenen dret a res, esmicolant-li per segona volta el cor i duent-li la imatge de la seva mare al llit mortuori i la promesa (jurament als déus) que li havia arrencat: «Fill, jura'm que un dia seràs lliure, i els teus fills, i els fills dels teus fills, per sempre més.»

Tanmateix, ara tot era diferent. Tuit li pertanyia, i ell a ella. No havia de demanar permís a ningú per jeure al seu costat, per acaronar cada dit de la seva pell, blanca com el lli. La primera nit la va despullar lentament, arrencant amb tendror cada pètal, descobrint la tremolor de les seves carns que mostraven que els sentiments d'ella es movien entre el temor i el desig, excitant-se amb cada sospir, amb cada beix, amb cada respiració, amb el càlid alè sobre el seu coll, recorrent les valls i les muntanyes d'una terra que s'endevinava rica i fèrtil, cercant la font d'on brolla el plaer humit i assolint les portes del temple de la seva intimitat. Llavors, va prendre la mà d'ella i la va guiar fins dipositar-hi l'ofrena que s'aixecava altiva i poderosa. Tuit era el primer cop que estava amb un home i, en silenci, va cultivar aquella part del cos masculí de Sedum que semblava tenir vida pròpia i que palpitava entre els seus dits. Sabia que d'aquí uns moments seria dintre seu i que hi dipositaria la llavor que la natura empra per perpetuar el seu amor. Va obrir les cames i guià l'ofrena del seu marit cap a la porta, tancant els ulls i esperant l'embranzida que li trencaria el segell sagrat, tal com li havia explicat la seva mare. La carn més tendra s'obrí i amb un crit, petit i apagat, ella coronà l'acte d'amor, mentre Sedum la prenia per les natges, l'empenyia contra ell i els cossos es fonien amb la força d'un gegant. Tuit desitjava retenir-lo, agafar-se a ell i no apartar-se'n mai més. Sentia el pes de l'home damunt seu, però no com un llast, sinó com la força de la terra que ens abraça. I, després, quan tot va acabar, va continuar enganxada al seu amor, adormit plàcidament a la foscor de la nit, entre els seus braços. Li havia dit que sí. Sí, a tot. Li havia regalat la seva frescor, la seva virginitat, i se sentia feliç, perquè Sedum era tendre i amable, pacient i delicat. No l'havia forçada, sinó que l'havia conquerida pas a pas; no l'havia posseïda, sinó que se li havia lliurat, tot deixant que ella triés el moment.

El dia que Tuit li va comunicar que estava embarassada, Sedum va cridar tota la família i els amics, i van festejar la bona nova fins l'endemà. Ell se la mirava embadalit. El seu fill seria lliure, com ell, tal com ho va ser la mare en la seva infantesa. L'educaria perquè fos un escriba i tothom el tractaria amb respecte i admiració, perquè havia aconseguit sortir de la pobresa, fundar una família, i enlairaria els seus descendents fins a la categoria d'escribes de palau.

85

Sedum va viure els mesos següents amb molta intensitat. Cada cop que tornava d'un viatge, quan jeien plegats en la foscor, després d'haver gaudit de les carícies i haver penetrat el temple que només li estava reservat a ell, acariciava aquell ventre i Tuit li responia amb un tendre somriure. Procurava enllestir la feina el més ràpid possible i tornar a casa per ser al costat de qui més s'estimava. Comptava cadascun dels dies que mancaven per ser amb ella, i els mesos i les setmanes que hauria d'esperar per tenir als seus braços el recull del seu amor.

Dels seus desplaçaments va portar perfums i teles, regals que rebia de les seves visites a altres terres, presents que oferia a Tuit, amb els que ella confeccionava petits vestits per a l'ésser que arribaria amb l'època del *shema*, com un símbol de la benedicció dels déus.

Tuit, per la seva banda, procurava que cada dia la casa estigués endreçada i preparada per rebre'l, encara que sabés que no havia de tornar fins uns dies després. Aquestes tasques la mantenien subjecta al seu amor per uns lligams imaginaris que podien viatjar amb el vent i arribar als confins del regne.

I en aquest univers d'amor transcorria la vida del matrimoni i es configuraven els plans futurs, sota la mirada atenta del cel, sense que res pogués trencar aquella harmonia i sense que ningú no pogués destorbar la pau i la felicitat.

*** ***

Tuit va donar a llum. La seva mare i el metge no van poder fer res de res per aturar la tragèdia i el fill que duia dintre seu va néixer mort. Ella va plorar desconsolada. No havia estat capaç de retenir la llavor que el seu marit, ple d'amor i de passió, li havia llegat.

Sedum era lluny de casa, a Bubastris, i no se'n va assabentar fins que va tornar del seu viatge. Va desembarcar com sempre, content, feliç, amb el desig que Jnum li hagués atorgat la benedicció de la descendència. Però, en arribar a la porta de casa i veure la seva sogra plena de llàgrimes, l'angoixa el posseí. Entrà corrents, es dirigí al dormitori i va trobar Tuit estirada al llit, amb els ulls enrogits. Ella, només veure'l, es va cobrir el rostre i no parava d'implorar el seu perdó.

—Ha nascut mort —repetia, un i altre cop.

No s'ho podia empassar. El seu fill era mort. El món li va caure al damunt. Tot el món sencer. Encara va trigar uns moments a reaccionar. Però, ella era viva. Ella era viva! I la va abraçar, cobrint-la de petons.

Jnum l'havia castigat, a ell. Plorava. L'havia castigat per la seva ambició, perquè no l'havia estimada prou, no parava de somicar, i l'abraçava. Ara era ell que demanava el perdó. Habituat a fer càlculs i convertir-ho tot en riqueses, en comptes i en beneficis, Tuit era, per a ell, una inversió que multiplicaria els seus guanys, no parava de repetir-se embargat pel dolor i la desesperació. La seva garantia d'eternitat. I tots els seus plans queien per terra, arrossegats per aquella pèrdua. Havia somiat tants cops que el faria créixer, al seu fill, que era baró, i l'ensenyaria tot allò que havia de saber per esdevenir un home important... Entraria a treballar al servei del faraó, com Sedum, i plegats es farien rics. Però, tot s'havia acabat, just abans de començar.

Oh, gran Jnum! Sabia llegir i escriure i coneixia la llei com ningú. Sabia que a Egipte et valoren per la teva riquesa, pel nombre de fills que ets capaç de dur al món i que un home és home en funció d'allò que és capaç de fer. «Només es respecten els noms dels que han aconseguit escalar el cim de la societat. Mai no miren els teus orígens», deia. «Llavors, pots gaudir de la teva pròpia mastaba i els déus t'acullen.» I Sedum volia ser un dels escollits, perquè vivia convençut que havia vingut a la terra amb una missió per complir.

Quan aquell petit cos va desaparèixer, el va plorar com mai no havia plorat ningú. Així i tot, va donar gràcies als déus per haver conservat la vida de Tuit, que també havia estat en perill. Ara s'adonava del tot el que representava tenir-la al costat, engrandint els records.

Des d'aleshores es va sentir abatut. Els déus l'havien castigat. I es va abocar als comptes del faraó per poder oblidar aquell desgraciat episodi. No tenia hores. Arribava de nit a casa, menjava alguna cosa i trigava temps a poder dormir. Li semblava que tot s'havia aturat al seu voltant.

Tuit es va refer aviat i també se la veia trista per no poder complir el desig del seu marit i atorgar-li un fill. El metge els havia dit que calia paciència, que, en les coses de la vida, no per córrer més, s'arriba més aviat. I li va receptar unes herbes i oracions i sacrificis als déus.

*** ***

Van passar els mesos. Kannefer i Kheops creixien al costat d'Heteferes. Sedum els veia de temps en temps, quan havia d'anar a palau per rendir comptes a Tur, i se'ls mirava amb enveja, pensant que el seu fill, un dia, hauria pogut esdevenir un noi com ells.

Tothom comentava que Kheops era més intel·ligent i més agosarat que el seu germà. Tres anys es portaven, però l'habilitat de Kheops en el joc el feien sobresortir pel damunt del fill gran. Heteferes tenia cura d'ells, personalment.

Snefrú, per la seva banda, anava massa atrafegat amb el govern del país i es queixava que cada dia les seves responsabilitats eren més i més grans. Sort en tenia de Ramosi, no parava de repetir, perquè el consell eren una colla d'inútils que només feien que oposar-se a les seves decisions, mentre que el summe sacerdot sabia com interpretar el seu desig.

La reina, quan el sentia parlar, se l'escoltava en silenci. Ramosi, dia rera dia, també adquiria més responsabilitats. No es queixava, però. Ben al contrari, la seva capacitat d'absorbir noves tasques semblava il·limitada. I Heteferes va començar a dubtar de les honestes intencions del servidor de Ra, perquè el summe sacerdot ja havia insinuat que els fills del faraó haurien de ser educats al temple, per tal d'estar en contacte amb el millors mestres i rebre la més acurada formació, amb el respecte a la llei i les tradicions, coneixent els orígens divins del faraó i preparant-se per a governar una nació fundada pels déus.

Quan Snefrú la va anar a visitar i li va proposar que Kannefer i Kheops havien de començar la seva instrucció al temple, Heteferes s'hi va negar. Ramosi no en tenia prou amb dominar el faraó, sinó que volia assegurar-se el futur, però la reina no venia disposada a capitular fàcilment, va invocar la llei i tothom va haver de callar.

Aquí es va obrir un abisme que va alertar el summe sacerdot, coneixedor, com era, que la llei atorga plens poders a la reina perquè pugui decidir l'educació dels seus fills mentre no compleixin els divuit anys. Tanmateix, també coneixia que és a la ment de l'infant que pots entrar-hi amb més facilitat i que, un cop passada l'edat de la pubertat, el caràcter s'aferma i les dificultats s'incrementen. No hi podia fer res, però. I va haver de desistir, que en el seu llenguatge significava, simplement, canviar de tàctica i esperar el moment oportú.

*** ***

Va ser una tarda que Sedum va arribar a Jemenu, amb un vaixell pel Nil, des del nord, procedent de Men-Nefer. Havia de visitar Meran, el nomarca d'aquelles terres, per tractar dels comptes d'algunes propietats del faraó que Meran gestionava, però el nomarca no hi era. Llavors, va decidir visitar el temple de Toth. Se sentia amb l'ànim decaigut i necessitava trobar un lloc on reposar en soledat. Així estava d'ençà que el seu fill havia nascut mort i Tuit no quedava embarassada de cap de les maneres, i, malgrat que havia intentat no pensar en el tema, la tristor l'embargava a totes hores. La seva esposa no parava d'oferir sacrificis als déus i ell procurava que el treball el mantingués ocupat, però, en arribar la nit, els records el visitaven i les llàgrimes retornaven. Tuit procurava animar-lo, i Intef, i els amics, i el metge, però... no hi havia res a fer.

Sedum encara no coneixia Jemenu, perquè sempre arribava de pressa i marxava aviat. I la ciutat de Toth era gran, rica i poderosa. No tant com la capital, però. Els seus carrers recordaven Men-Nefer, plens de gent de gom a gom, amb cridòries a les places i als mercats. Els millors arquitectes s'havien format allà i era la ciutat més acollidora del Nil. De manera que es va deixar engolir per les avingudes i els carrers fins arribar a les portes del santuari del déu de la saviesa, patró dels sacerdots dedicats a la medicina i dels escribes.

Dins del recinte sagrat, als jardins del qual hi tenien accés els laics, es respirava un ambient de pau. En un extrem, just al costat de les dues enormes columnes que guardaven l'entrada a la sala hipòstila, on només els sacerdots hi tenien accés, un grup de joves feia rotllana. Sedum va sentir curiositat per saber què era allò que tant copsava l'atenció d'aquells joves i s'hi va atansar.

El silenci regnant li va permetre escoltar una veu greu que parlava pausadament. Va allargar el coll per poder mirar per damunt dels caps i descobrí un home. El seu rostre era angulós i prim, amb un nas afilat que apuntava cap endavant, tot tallant el vent com la proa d'una nau. Tenia la mirada profunda i els seus ulls es van fixar, durant breus instants, en els de l'escriba del faraó. Sedum va preguntar qui era aquell personatge. Un sacerdot, li va respondre un dels nois. Deien que era un savi i que dels llocs més remots, d'Assíria i Babilònia, de Grècia i Mesopotàmia, i de l'altra riba de la mar, s'arribaven fins a Jemenu per rebre els seus ensenyaments. Sebekhotep, era el seu nom.

—La intel·ligència més gran d'Egipte —va dir aquell jove.

Sebekhotep parlava de l'amor. Potser, per aquesta raó, Sedum es va sentir atret. Alguns d'aquells joves entraven a la pubertat i despertaven a la vida i volien saber què eren aquelles sensacions, entre agradables i mortificants, que els envaïen quan contemplaven el cos de les noies. El comptable mai no s'havia dedicat a l'ensenyament i moltes de les preguntes d'aquells joves el ruboritzaven. Tal vegada, si hagués viscut el seu fill les hauria trobat naturals, pensava amb un deix de tristor.

Inexplicablement, la conversa, que es va iniciar amb l'amor, va arribar a l'odi. És normal començar en un punt i visitar els extrems, deia Sebekhotep, perquè tot és lligat i cal contemplar el contrari per entendre els grans secrets.

—L'amor i l'odi són dues cares de la mateixa moneda —explicava, allà, enmig del jardí—. Com el fred i la calor, que també són dues visions d'un mateix fenomen, malgrat que semblen contraposades. Allò que per a tu és fred, per a mi pot ser calent. No hi ha una frontera clara. I, si ho mireu bé, el fred no existeix. No és altra cosa que calor; però, menys calor; és l'absència de calor. Amb l'amor i l'odi passa el mateix. Odiar no és res més que estimar-se a un mateix per damunt de totes les coses, tancar-se a tot sentiment noble i rebutjar la possibilitat que els altres puguin gaudir de la vida. L'odi, per tant, és amor. Tot és amor. El depredador que ataca i mata, ho fa per amor. Mai per odi. El torturador que castiga el cos de la seva víctima, sent plaer en els seus actes. És un acte d'amor cap a ell mateix. Perquè l'odi no existeix, de la mateixa manera que el fred tampoc existeix, sinó que és l'absència d'amor envers els altres. La calor es transmet i passa del cos més calent cap al més fred. Tanmateix, quan odies, tanques tots els teus sentits i no deixes que aquest noble sentiment s'escapi. Quan som joves, el cos esclata i pot passar de la calor al fred i a l'inrevés amb molta facilitat, però el temps tempera les vehemències i l'adult aprèn a estimar. L'home que estima és comprensiu i gaudeix del poder de la saviesa. L'home que odia, morirà.

De mica en mica Sedum es va adonar que se l'escoltava amb molt d'interès, perquè podia parlar de la sorra del desert i donar la resposta a un problema matemàtic o podia mirar el cel i explicar l'interior de l'ésser humà.

Durant tota la tarda no es va moure d'allà, seguint les seves explicacions. Quan el sol ja s'amagava, Sebekhotep va acomiadar els seus alumnes. Sedum va intentar sortir sense que el veiés, però la veu del sacerdot el va aturar.

—Tu ets nou —li va dir—. Quin és el teu nom?

—Sedum —respongué el comptable—. Ho sento. No volia destorbar-te —es va disculpar—. Passava per aquí, t'he sentit i...

—No ets d'aquí, oi que no?

—No. Visc a Men-Nefer.

—Ets comerciant?

Sedum va dubtar, però finalment es presentà i va respondre totes i cadascuna de les preguntes del sacerdot, que van ser moltes.

—Un home important —va fer Sebekhotep amb un ampli somriure—. Però, et veig trist i capficat. Per què, si tens tot allò que qualsevol home podria desitjar? Hi seràs molt de temps, a Jemenu? —li va preguntar.

—Uns deu dies.

—Jo haig de fer un petit viatge, però tornaré d'aquí una setmana. Per què no vens i parlem?

«Per què no?», va pensar Sedum. Aquell home era amable i acollidor, se l'escoltava i semblava poder oferir-li la seva comprensió. Van quedar que es tornarien a veure i va passar una setmana.

Set dies després el comptable va tornar al temple i trobà Sebekhotep al mateix lloc on l'havia conegut. En aquesta ocasió era sol. El sacerdot, només veure'l, va aixecar la mà i li va pregar silenci. Llavors, va tancar les parpelles durant uns instants i, quan les va obrir de nou, digué:

—Has trigat molt de temps per arribar.

—Una setmana —va fer Sedum, tot sorprès.

—No. Fa molt més temps que t'espero.

Sense cap més comentari, Sebekhotep es tombà i va fer un senyal ensems que començava a caminar cap a un petit pavelló on s'ubicaven les habitacions dels sacerdots. Un cop arribats, el va convidar a passar i Sedum el seguí fins a una petita cambra, on hi havia una taula parada i plena de menjar. El mestre li va pregar que l'acompanyés i que mengés, i van parlar una llarga estona, mentre contemplaven el cel.

Aquell home coneixia les estrelles que brillen damunt dels nostres caps i les estudiava amb molta cura. Li va dir que de nit feia càlculs. Havia dividit l'any en dotze parts i situava cada astre en llocs diferents i els desplaçava segons lleis secretes que només sabia ell.

Mogut per la curiositat, Sedum li va preguntar per uns gràfics que hi havia damunt d'uns papirs, pintats amb colors, que representaven estranyes figures d'alt del firmament.

—És el llenguatge dels cels —li va contestar Sebekhotep—. Aquí és on s'interpreta la saviesa de les estrelles.

—Què és el que està escrit a les estrelles? —es va interessar el jove comptable.

—Tot. El teu nom i el meu, allò que pots fer, allò que has de fer i allò que, possiblement, faràs. Elles m'han anunciat la teva visita. No t'ho vaig dir l'altre dia, perquè volia estar segur. I ara n'estic.

Sedum va somriure. Tot allò li sonava a màgic.

—Llavors, si tot és escrit, què hi fem nosaltres?

—Gairebé tots, allò que ens manen. Però, hi ha alguns, ben pocs, que poden arribar a escriure-hi al damunt.

—No t'entenc.

—Les estrelles assenyalen el camí, però no obliguen a seguir-lo. Elles posen tots els medis perquè tu executis les accions, però tu les pots arribar a modificar. Llavors, és quan comences a escriure el futur. El babau segueix el camí marcat sense preguntes, el prudent llegeix amb molta cura i el savi escriu. Qui domina l'escriptura és lliure.

—Jo sé escriure —va fer Sedum, orgullós.

—No és damunt d'un papir, que has d'escriure, sinó allà dalt —i Sebekhotep va assenyalar el cel—. No és amb signes que hi has d'escriure, sinó amb accions i pensaments.

—I tu ho pots fer?

—Qualsevol que conegui i entengui la llei, ho pot fer. Perquè pot dominar-la i treballar amb ella per saltar-se les lleis humanes i crear-ne de noves.

—Què hi ha escrit a les estrelles, sobre mi?

—Que has de venir a viure a Jemenu, per tal de preparar-te.

—Quan?

—Aviat, molt aviat. Abans que no et penses.

Aquí es va acabar la conversa.

Com podia dir que abandonaria Men-Nefer?, pensava Sedum, quan marxava cap a casa seva. Tur i Useriv no ho permetrien. Tot i així, Sebekhotep ho havia dit amb tanta seguretat que el feia dubtar.

Tres dies després Sedum va embarcar cap a la capital Men-Nefer i durant tota la travessa no va poder deixar de pensar en aquell home, en els seus ulls, en aquell somriure ple de seguretat i, per damunt de tot, en les seves paraules, misterioses i, ensems, plenes de significat.

Quan va arribar a casa, li ho va explicar a Tuit: com l'havia conegut, com li havia parlat i allò que li havia dit. S'expressava amb entusiasme, afegint-hi sentiments viscuts. Tuit el va escoltar en silenci. Era el primer cop, en molts mesos, que el veia content, que somreia i parlava.

L'endemà, només trepitjar els jardins de palau, Tur el va cridar. Volia que li expliqués el resultat del seu treball i va escoltar Sedum amb molta atenció, i li va fer moltes preguntes. Més de l'habitual. Sedum les va respondre totes i se'n va anar.

Dos dies després, Abu-Deber en persona li va ordenar que es fes càrrec de l'administració de les possessions del faraó a Jemenu. Sedum es va quedar bocabadat. Tur li havia parlat d'ell, de les seves habilitats com a comptable i el visir havia parlat amb Snefrú i l'havia convençut perquè el nomenés escriba personal amb poder per donar fe i testimoni de tot allò que s'esdevingués amb les seves pertinences a Jemenu, i amb poder per comerciar amb les collites.

—Quan hauré de marxar? —preguntà Sedum.

—De seguida —va ser-ne la resposta.

Increïble! La predicció de Sebekhotep s'havia complert.

5.- ESCRIURE A LES ESTRELLES

A Meram no li va fer el pes que Sedum s'encarregués de l'administració dels conreus, del bestiar i de les cases d'Snefrú. S'ho va prendre com un càstig. Però, què hi podia fer? Les ordres d'Abu-Deber no es poden discutir i el document estava escrit en un llenguatge senzill i entenedor, però taxatiu. Sedum va procurar que quedés prou clar que havia estat Tur qui l'havia proposat per al càrrec, i que ho havia fet sense consultar-lo. I va insistir-hi fins que Meran ho va entendre. Si més no, el va tractar prou bé i el va acompanyar per presentar-li la gent.

Tuit i Sedum van ocupar una casa gran, amb dos servents. L'un, Idu, era vell i tampoc li va fer el pes la presència del nouvingut. L'altra, Edhet, era una esclava grassa que es feia càrrec del menjar i no parava de posar ordre a totes les coses. Estava acostumada a fer i a desfer, com si fos una dona lliure, i Sedum no va veure cap inconvenient perquè ho continués fent, sempre que Tuit hi fos d'acord.

—Millor —va fer la seva esposa—. Així no hauré de preocupar-me de les petiteses més absurdes i trivials, i podré ser més estona amb tu.

Sedum estava convençut (ho va poder constatar més tard) que els dos servents s'ho manegaven per distreure alguns *shats*. Tanmateix, no eren quantitats desmesurades i no li va atorgar més importància. A més, Edhet volia comprar la seva llibertat i Sedum l'entenia prou bé, i Tuit, malgrat que el seu marit mai no li havia fet cap esment dels seus orígens, semblava llegir dins del seu cervell.

La casa era gran, rica i lluminosa, completament allunyada del petit habitatge que ocupaven a Men-Nefer i això de disposar de servents els venia de nou. Fer-se'n càrrec, ella sola, de les vuit habitacions, la sala gran, el jardí, els dos patis i l'hort no hauria representat cap daltabaix per a una dona acostumada a treballar tot el dia, però Tuit va agrair la presència d'Edhet i la va tractar bé, perquè arribava a una ciutat estranya i desconeguda, sense amics, i la companyia de l'esclava va omplir els seus primers instants de soledat.

D'altra banda, aquella nova destinació representava un regal dels déus. El treball de Sedum no era gaire i, amb l'experiència de què gaudia, ho podia controlar tot de seguida i dedicar-se a viure, perquè Jemenu oferia tantes o més possibilitats que la poderosa Men-Nefer. A més, ell arribava investit per l'autoritat del faraó i els nobles el van acollir a les seves festes i el tractaren amb respecte i consideració, per la qual cosa Tuit va fer de seguida noves amistats.

Uns dies després, quan ja ho tenia tot apamat, Sedum va anar a visitar Sebekhotep. El sacerdot el va rebre amb alegria. Llavors, Sedum li va explicar la seva arribada a Men-Nefer i el seu nomenament, però Sebekhotep ni es va sorprendre. Ben al contrari, ho va trobar d'allò més natural. El que està escrit a les estrelles...

A partir d'aquell moment les visites esdevingueren quotidianes. En acabar la feina, cada vespre, Sedum anava al temple i mantenia llargues converses amb el sacerdot. A Tuit li agradava, perquè el seu marit havia retrobat part d'aquella alegria de què sempre havia gaudit i, fins i tot, l'animava, perquè aquelles converses el feien retornar més feliç. Tant, que les carícies es prodigaven. A la nit, amb la foscor, Sedum parlava i parlava. De sobte, tot adquiria un significat diferent. Quan feien l'amor, semblava descobrir-la de nou cada dia i ella es lliurava amb plenitud.

—Sebekhotep és un home increïble —li explicava Sedum amb una expressió barreja entre l'admiració i el desconcert—. Gaudeix d'una calma absoluta i d'una paciència infinita. El temps sembla no existir dins del seu cap. Pot esmerçar hores i hores per explicar un detall insignificant i, quan li demano per què tant d'esforç per mirar de deixar clar allò que és evident, em contesta: perquè és evident.

Sedum va trigar un temps a comprendre el significat d'aquelles paraules i saber que les més grans evidències resten amagades, perquè no les veiem, no les valorem, perquè, justament, són evidències. Tuit s'escoltava el seu marit amb molt d'interès. No l'havia vist personalment, el mestre, però era capaç de dibuixar-lo dins del seu cap. Un dia li va demanar de conèixer aquell home savi.

Sebekhotep la va rebre amb afecte i van parlar la resta de la tarda. Tuit va quedar molt contenta en constatar que la devoció del seu marit tenia justa correspondència. Quan ja s'acomiadaven, el mestre li va dir:

—Tingues molta cura d'ell. Necessitarà de tota la teva força.

—Ell ja és fort.

—Cert. Ho és. I molt. Però, la tasca que se li ha d'encomanar és de molta importància i necessitarà de tota l'ajuda que se li pugui oferir —El sacerdot va restar uns instants en silenci—. Llàstima d'aquest deix de tristor que l'embarga —afegí, i preguntà—: què és allò que ho provoca?

—Encara no he pogut donar-li un fill —respongué Tuit, i li va relatar la tragèdia que va representar perdre el primer infant i com passaven els mesos i els anys sense obtenir fruit.

—Per què no deixeu fer la natura? —replicà Sebekhotep, i afegí—: El cos és un temple i als temples regna la pau. Cada cop que dius «no haig de pensar», penses; cada cop que dius «no vull», vols; cada cop que dius «vull», no ho aconsegueixes. Deixa que les forces que duus dintre teu et portin, i el dia que aprenguis o no desitjar, tot vindrà a tu. La voluntat és l'absència de tot impediment interior. Mai no serà una força en contra del vent, sinó la submissió als designis dels cels. Llavors, és la força de la gran voluntat celestial que ens empeny i la nostra esdevé una joguina infantil. Tothom, des del més petit al més gran, hem estat cridats per a alguna cosa. El problema és saber quina.

Tuit va callar. Aquell home era un savi i veia on ningú no mirava, a l'interior. Si contemples l'exterior i no et fas preguntes, podràs descobrir què passa a l'interior. Deia. Perquè la contemplació és una mirada plena d'interès net i pur.

De mica en mica, Sedum va descobrir que cada cop que Sebekhotep parlava era per expressar un raonament irrefutable. Era un sacerdot i semblava tenir molta experiència de la vida. Quan ell volia, deixava la porta oberta perquè pogués intervenir-hi i fer-li preguntes. Tanmateix, quan decidia començar i acabar una exposició, ho feia i no hi havia lloc al dubte, ni preguntes, perquè les dades eren tantes que el comptable bé les havia de pair.

De vegades Sedum havia cregut que Sebekhotep podia llegir dintre seu com si la seva pell fos transparent com l'aigua de la pluja. Però, el més greu, és que acariciava la certesa d'aquesta afirmació. Així li ho havia explicat a Tuit, i ella se l'escoltava, sempre callada, i afirmava lentament. Sebekhotep coneixia els seus estats d'humor. No. Més aviat se'ls ensumava, abans que Sedum no creués la porta. Potser per la forma de caminar, tal vegada per la manera com el mirava... I a ell li dedicava una especial atenció, pel damunt de tots els seus alumnes. Cada cop que Sedum li ho explicava, Tuit callava i recordava les paraules del mestre. Quina seria la tasca que el futur li havia d'encomanar? A aquesta pregunta, Sebekhotep no havia volgut respondre.

Els coneixements d'aquell home del nas afilat anaven de l'escriptura a les estrelles, tot passant per la medicina, les matemàtiques, la religió i qualsevol mena de saviesa existent. Fins i tot, podia discutir amb els arquitectes, com si fos un d'ells, i alguns venien per consultar-lo. Podia parlar amb un home del camp i era capaç de dir, amb absoluta precisió, quan i com havien de conrear. I això que Sedum s'havia fixat, amb detall, que les seves mans eren fines, sense les dureses de qui manega les eines, ni tenia la pell esquarterada per la llum del sol. Al seu costat el comptable gaudia de tot, des de la perfecció de les flors fins a la, a voltes, incomprensible violència de la natura més salvatge. Tot tenia explicació, per a ell. Tot era plenitud. Tot ho capgirava a la recerca d'aquella resposta amagada, lluny de la màgia i dels esperits. Ben a prop de la raó.

Sovint, Sedum se sorprenia, quan, tot contemplant un fet, Sebekhotep començava a parlar com si en fos ell, l'autor. Al mercat, durant les estones de passeig, el mestre (l'escriba ja el tenia per tal) podia observar una persona i dir quina era la seva preocupació o allò que havia fet unes hores abans. En alguna ocasió Sedum havia intentat posar-lo a prova i enxampar-lo, amb la gosadia d'apropar-se a l'home i preguntar-li directament si allò era veritat.

Llavors, li demanava, a Sebekhotep, com podia saber-ho? I ell, invariablement, responia:

—Contemplant.

El dia que li va dir que tot és ment, que l'univers és mental, Sedum es va quedar astorat. Li havia demanat que li mostrés la llei, per poder escriure a les estrelles, i Sebekhotep va somriure i li va dir que, per a ell, no existia la matèria, sinó que era una concreció d'una cosa d'ordre superior. El comptable no el va acabar d'entendre, perquè aquell llenguatge s'apartava de tot allò que coneixia, fins que el sacerdot no li explicà que tot obeeix unes lleis i que les lleis només poden ser producte de la intel·ligència. Per això deia que l'univers és mental, que només obeeix la intel·ligència, perquè tot és perfecte. La imperfecció només existeix en els nostres ulls, que només veuen una part del tot.

—Si cremes la fulla d'un arbre, sembla desaparèixer, però encara hi és —li va dir, amb un somriure.

—Llavors, què ha passat? —va preguntar Sedum.

—Que ha fugit de l'univers material per entrar a l'univers de l'aire. S'ha transformat. És el mateix que passa el dia que algú mor. El seu *ka* s'enlaira a l'univers celestial i el seu cos queda buit i sense vida, es podreix i canvia d'estat. Però, ell no ha desaparegut. Ha marxat cap al més enllà.

—Tu coneixes com és allà?

—Observa el teu entorn i podràs saber com és el més enllà. Perquè com és a dalt, és a baix. Tot té la seva correspondència. Observa com es mou un cuc i sabràs que el riu navega lentament fins a la mar. L'aigua de la pluja alimenta el riu, l'aigua del riu alimenta la mar i l'aigua de la mar alimenta els núvols, que acaben per alimentar de nou el riu. El món sencer es mou, res no queda quiet, malgrat que a tu t'ho sembli. Fins i tot les pedres es mouen per dintre i tu les veus quietes. El moviment és etern.

Al seu costat Sedum va aprendre a mirar-se, a sentir allò que duia dintre i que mai no s'havia aturat a contemplar.

Un altre dia Sebekhotep el va mirar fixament i va fer:

—Avui estàs més femení.

Sedum no va saber què respondre. Era un home i se sentia home. No entenia les seves paraules.

—Tot té el seu principi masculí i el seu principi femení. La suma d'ambdós és la creació. Cap home és enterament home, cap dona és enterament dona. La ment és dual. Tot és dual.

Durant els dos anys següents no va parar de traspassar-li els seus ensenyaments, que semblaven oposar-se a tot allò que era conegut fins aleshores. Li va mostrar que la ment domina el cos, quan l'home ha assolit el grau de coneixement, que el savi vibra amb una intensitat que el babau no pot ni imaginar i que els problemes de la vida ho són a un cert nivell, mentre que en un altre no passen de pures bajanades. De mica en mica, Sedum aprengué a apartar-se de tot, a sentir la sang que es bellugava dins del cos, a contemplar l'entorn i a esbrinar secrets amagats, a comprendre l'ésser humà, les seves virtuts i els seus defectes, a disculpar i a acceptar. Un nou món se li obria al davant.

—Els déus existeixen? —va gosar preguntar Sedum un dia.

—I és clar que existeixen! —va fer Sebekhotep—. Ells són la garantia d'unió de les terres d'Egipte. Si no existissin els déus, com creus que els nomarques mantindrien la seva fidelitat a Egipte?

Sedum es va quedar pensarós. Si el mestre ho deia, havia de ser veritat.

—Per això Ramosi ha proclamat que el faraó és fill de Ra? —preguntà.

—Ramosi és intel·ligent, molt intel·ligent —va respondre el mestre. Després d'un curt silenci, afegí—: Ell també coneix la llei i és capaç d'escriure a les estrelles.

Lentament, com a Sebekhotep li agradava, Sedum va anar adquirint coneixements que el van enlairar fins a l'univers. L'univers de la ment. De manera que tot aquell caos inicial va anar prenent forma i Sedum es va adonar que Sebekhotep havia arribat a simplificar els seus coneixements fins a l'extrem que podia tornar a construir-ho tot, encara que perdés tots els papirs que havia escrit al llarg de tota la seva vida. Aquest era el seu gran secret, la facultat de combinar principis bàsics i poder aplicar-los a qualsevol cosa, la facilitat de trobar explicacions amb símils i comparances d'allò que ell ja coneixia, la senzillesa de descompondre el misteri més enrevessat i convertir-lo en una suma de petits misteris, per acabar trobant-hi l'explicació de cadascun d'ells i bastir de nou l'edifici.

Finalment, una nit, Sedum, a casa seva, va poder contemplar el món amb uns ulls nous i diferents. Allò era el que venien a cercar des dels punts més allunyats d'Egipte, i de molt més enllà, al costat del mestre, i que molts no acabaven d'entendre i marxaven decebuts.

—Per més que els expliquis, si les orelles de qui escolta resten tancades, no aconseguiràs res —es queixà el mestre, quan Sedum li demanà per què no marxava a Men-Nefer i estenia els seus ensenyaments a prop del faraó?—. Com vols que la gent t'escolti, si ets sincer?

—Per això mateix, perquè ets sincer —somrigué Sedum. Per a ell, era una evidència.

—Ja has vist la cara dels alumnes, aquesta tarda, quan els he dit que el savi no afirma ni nega res, sinó que, en tot cas, dubta. M'han mirat i jo podia llegir als seus ulls «si tu no ets capaç d'afirmar ni de negar res, què ens pots ensenyar?» És infinitament més còmode que t'ho donin tot fet. Llavors, no has d'esmerçar cap esforç. Per això, els meus ensenyaments només són per aquell que cerca el camí de debò. Però, no pas un camí qualsevol, sinó el seu, propi, exclusiu i lliure, sense imposicions. Perquè la llei diu que tot és llibertat, que som nosaltres mateixos que escrivim el nostre futur i que, malgrat tos està escrit, res no és veritat.

—No t'entenc. Si tot està escrit, perquè res no és veritat?

—Que tot està escrit vol dir que existeix una llei immutable i ningú no se'n pot escapolir. Que res no és veritat, significa que som nosaltres que emprem la llei i que el resultat serà allò que desitgem. El nostre paper en aquesta vida és aconseguir que es compleixi la llei.

Va ser així, sense imposicions, però amb molt d'esforç, que Sedum va descobrir que l'home, el món, l'univers, la creació, les històries dels déus... tot tenia la seva explicació. En un esclat astorador ho va veure amb la claredat del sol.

Els sacerdots explicaven que el gran déu Jnum havia modelat l'ou còsmic i va fer que Nun prengués forma de fang. D'aquí havia nascut Ra, la llum, el déu del sol. I Ra va assecar lentament el fang per atorgar-li la forma de la terra. De Ra havien nascut Tefnet, la deessa de les aigües que cauen damunt la terra, i Chu, el déu de l'aire. Ambdós viuen al cel, al costat de Ra, el sol. Telnet i Chu van tenir dos fills: Geb, el déu de la terra, i Nut, la deessa del cel.

Com no ho havia vist abans? Com era possible que les evidències restessin tan enforatades? Com és a dalt, és a baix. Principi masculí i femení. Els oposats. Tot es reconcilia. Tota causa té el seu efecte. Tot té la seva explicació. A partir d'allà, la religió adquiriria ple significat. Era la saviesa amagada que explicava la història de l'home, la de tots nosaltres.

Geb i Nut van tenir quatre fills. Osiris és el principi de la vida; Isis ens aporta els coneixements i les arts i representa el bé; Neftis és la deessa de les terres roges; i, finalment, Set, el déu del desert, la representació de la mort. Bé i mal, vida i mort. Sempre binomis, sempre extrems, sempre masculí i femení, perquè tot s'ha d'equilibrar.

Cada ciutat, un patró; cada patró, un déu; cada déu, una representació; cada representació, un detall de la història. L'enfrontament entre Set i Osiris, entre Isis i Neftis, l'amor, l'odi, la traïció i l'assassinat, la venjança i la resurrecció, l'enveja, el cel, la terra... no eren altra cosa que la pròpia història de l'home, els seus defectes, les seves virtuts, reflex perfecte i mirall dels déus, on es pot contemplar l'interior de l'ésser humà, on es pot descobrir la llei de l'univers. Set va trair Osiris, el va tancar en un sarcòfag i el va llançar a les aigües del Nil, on va ser esquarterat pels peixos. Però Isis i Neftis van reunir de nou els pedaços del cos d'Osiris, i Isis prengué la forma d'una au i baté amb força les ales per insuflar-li de nou la vida. No aplicava Sebekhotep els mateixos principis? Ho destruïa tot, fins al més ínfim dels coneixements i, després, ho recomponia. Osiris va reviure i deixà embarassada Isis, de qui va nàixer Horus, que va lluitar contra Set pel tron d'Egipte. Finalment, els déus van fallar a favor seu, d'Horus, i li ho van concedir. No era la imatge de la intel·ligència?, el naixement de la ment humana?, el triomf de la raó?

Ara, tota aquella història, construïda lentament, amb el pas dels temps, pels sacerdots, adquiria ple significat. De mica en mica els sacerdots havien iniciat un llarg camí per convertir un simple mortal en fill d'un déu. Aquesta, com deia Sebekhotep, era la garantia de la unió de totes les terres d'Egipte, igual que els nubis tenien els seus déus, i els fenicis, i els grecs, i els babilonis i...

105

I era un símbol que la llum li hagués estat concedida a Jemenu, als dominis del déu Toth, l'inventor de la paraula, de l'escriptura, de tots els coneixements de l'ésser humà, casat amb Maat, la deessa de la justícia, perquè el coneixement s'alia amb la justícia per crear la saviesa.

Evidentment, mirés on mirés, tot tenia la seva explicació i el coneixement es transmetia de generació en generació. L'univers sencer resta equilibrat, tot es compensa, qualsevol moviment a l'esquerra té el seu oposat a la dreta. Les aigües del Nil pugen i inunden la terra, però després es retiren i apareix la vida. Si alguna cosa cau sense que una altra s'enlairi, tot cau i es produeix el caos. Tot misteri té la seva raó, tot secret té la seva causa, tot produeix el seu efecte.

El seu fill, possiblement, havia mort perquè ell arribés a Jemenu, va concloure amb un petit sentiment d'angoixa i molt d'amor. Ell, segurament, era la causa que hagués conegut Sebekhotep. Però, llavors, quin era el seu paper en aquesta vida? Per què havia vingut? Per a què estava cridat? Com deia Sebekhotep, tothom té assignat un paper, en aquesta vida. El problema és descobrir-lo. Però, també deia: l'interès és el guia de tot nou coneixement. Sense interès, res no fem ni res no som.

L'endemà se'n va anar a veure el mestre, li va explicar tots els seus raonaments i va preguntar:

—Snefrú ho sap, tot això?

—Snefrú no gaudeix de prou intel·ligència i obeeix les ordres de qui més en sap.

—Llavors?

—Llavors, ell és un simple instrument, com tu i com jo.

—I quin és el meu paper?

El mestre va somriure i va dir:

—Acceptar amb humilitat allò que el futur et reserva —i amb llàgrimes als ulls el va abraçar i afegí—: No saps el que representa, per a un home que ha estat esperant tota una vida, trobar algú com tu. Ja estàs preparat i, d'aquí ben poc, vindran a buscar-te, perquè aquesta nit ho he llegit a les estrelles.

6.- ELS GRANS CANVIS

Shemaí, l'arquitecte, va recollir la bossa d'or i pedres precioses i va abandonà el temple. Damunt la taula havia deixat els plànols i els càlculs del nou edifici funerari, aquell que li encarregà Ramosi. El summe sacerdot s'havia quedat amb la mirada damunt del papir que contenia el dibuix sencer de la piràmide, tal com seria un cop acabada. I era vertaderament una obra d'art. La finesa amb què Shemaí havia traçat les línies que emmarcaven cada superfícies i la delicadesa amb què havia reflectit el poliment de l'alabastre atorgaven al conjunt tal perfecció que qualsevol ull podia omplir de vida la imatge i transportar-la al món real.

Per aquells dies, Adu-Deber es va posar malalt. Els metges deien que el seu cos ja no suportava el pes de les responsabilitats i Snefrú va començar a pensar qui el podria substituir. No era una tasca senzilla, perquè el vell visir acumulava una experiència tan gran i uns coneixements tan amplis que havia esdevingut gairebé imprescindible, malgrat que, força sovint, cada cop més, s'oposava als designis del faraó i li discutia decisions. Quan les discussions eren massa dures, Snefrú se'l mirava i pensava que, al capdavall, encara seria una benedicció treure-se'l del damunt. Tant de seny, li feia mal. Li agradava més Ramosi, potser no tan savi, però més flexible i sempre atent al seu desig. Tal vegada, ell seria un bon visir.

Per la seva banda, el summe sacerdot de Ra, sempre pendent de qualsevol nou esdeveniment, en assabentar-se de la delicada salut de Abu-Deber, va decidir que el seu moment havia arribat, se'n va anar a parlar amb el faraó i va triar per acompanyar-lo aquell dibuix, ple de colors, que li havia deixat Shemaí i, pel qual, acabava de pagar un preu ben elevat, tot i que n'esperava obtenir uns beneficis molt més importants.

—Oh, gran faraó, senyor de totes les terres del Nil, fill de Ra i llum d'Egipte, fa dies vaig tenir un somni —va fer Ramosi, quan els ministres van sortir i es va quedar sol amb Snefrú—. El teu *ka* viatjava per retornar a Ra, però no podia enlairar-se. Llavors, va aparèixer una superfície llisa i plana que apuntava al cel, com una rampa infinita, i tu vas començar a caminar pel damunt perdent-te en la immensitat.

—I quin significat té, aquest somni?

—Les tombes que s'han construït fins aleshores, no són les que vol Ra per al seu fill, perquè no és amb una escala que atraparàs el teu destí, sinó que el camí ha de ser recte per tal que el teu pare celestial pugui baixar fins a tu i agafar-te de la mà.

—Com hauria de ser? —es va interessar el faraó.

Ramosi diposità damunt la taula els plànols dibuixats per Shemaí, i Snefrú els contemplà bocabadat. Era una construcció gegantina, immensa, colossal, que s'allunyava comletament de totes les que s'havien fet fins al present. De base quadrada, calcant perfectament la figura geomètrica d'una piràmide, seria recoberta d'alabastre i se situaria de tal manera que assenyalés els quatre punts cardinals. Tot això li va explicar el summe sacerdot, mentre Snefrú l'escoltava i els seus ulls s'engrandien.

Imhotep havia emprat la pedra i havia superposat mastabes per crear una gran escala i elevar la figura del faraó Djoser per damunt de tots els nobles. Aquesta va ser l'única raó per canviar el tipus de construcció: donar fe de la grandesa del rei, de la magnificència de l'home més gran d'Egipte i, possiblement, del món. Però, Snefrú podia aconseguir molt més. Ramosi li proposava una tomba digna del fill d'un déu, un camí directe que dugués el seu *ka* fins a Ra, una muntanya de pedra de quatre costats rectes, sense escales, i, quan acabessin, l'alabastre aconseguiria que els vents llisquessin, s'enlairessin i arrabassessin l'ànima del monarca per dur-la al cel. Tot poesia, música celestial que les orelles del rei ja podien composar, interpretar i escoltar.

La notícia es va escampar amb rapidesa i les crítiques, amagades, anaven de boca en boca entre els sacerdots dels altres temples que només veien en el seu adversari una ambició sense límits, un desig de poder i de grandesa que esperonava absurdes visions en el faraó. No obstant això, ningú no gosava aixecar la veu ni parlar amb Snefrú, perquè el monarca de totes les terres del Nil s'escoltà els consells del summe sacerdot de Ra com si fossin missatges divins i li complagueren de debò, perquè Ramosi, anant-hi més lluny, li mostrà els dibuixos de la cambra mortuòria, recreació perfecta de totes les pintures i escultures que la fèrtil imaginació de Shemaí, esperonada per la promesa d'un bon preu, havia estat capaç de bastir. I, no content amb això, li va explicar amb detall com es construiria el passadís i com es segellaria l'entrada per tal d'evitar que cap mortal pogués accedir-hi. Snefrú contemplà meravellat la riquesa dels ornaments que l'envoltarien i la magnificència de la seva darrera llar.

Tanmateix, els que més van celebrar la decisió, en silenci, van ser Tur i Useriv. Aquell nou gir de la història els faria immensament rics, perquè ells havien de dur tota la comptabilitat. I les pedres precioses, l'or, la plata i el coure passarien per les seves mans i, una part, una bona part, cauria fora del sac, tal com havia passat amb la tomba de Meidum, que encara restava buida, a l'espera del seu estadant.

Planificar una obra tan colossal va significar una tasca llarga i feixuga. Molt més que l'anterior. Les pedres havien de ser més grans. Com les transportarien...?

Van haver de dissenyar i construir nous vaixells capaços de suportar el pes d'aquells blocs. Van haver de pensar com l'enlairarien fins dalt de tot, organitzar les cadenes humanes, construir nous camins, tallar molta fusta de les terres del nubis, preparar troncs i dissenyar noves bastides que suportessin el pes dels obrers i del material i obrir un nou canal que permetés que l'aigua arribés fins als peus de la magnífica obra, perquè els vaixells hi tinguessin accés, i altres de més petits que duguessin les aigües fins al peu de les pedreres. Els artesans es van preparar i van cercar noves pintures que fossin perdurables, amb colors vius. Centenars i centenars de dibuixos, fets a petita escala, van donar idea de com seria l'interior de la piràmide. I el faraó els mirava amb satisfacció i demanava més i més. Mai no en tenia prou. Havia d'emplenar-la d'estàtues i contenir grans espais per poder albergar tots els tresors i els aliments que li haurien de servir per fer la llarga travessa.

Finalment, els arquitectes, sota les ordres de Shemaí, decidiren que el millor emplaçament era Dashur, perquè l'arquitecte de Ramosi fou nomenat cap dels arquitectes reials.

Milers i milers d'obrers, aprofitant l'època de secada, entre el *shema* i el nou *akit*, abans de l'aparició de l'estrella

Siri, es posaren en moviment per tallar la pedra extreta de Tebes i, amb l'arribada de la nova inundació, els vaixells la van carregar i la van baixar pel riu. Mai ningú no havia contemplat una obra tan colossal com aquella. Les pedres van viatjar pel canal del desert fins arribar al Nil i, des d'allà, carregades en vaixells, van navegar per les aigües fins a ser descarregades a Dashur.

Tothom s'ho mirava amb admiració i volia participar en la construcció, perquè els sacerdots de Ra havien creat una nova il·lusió. Els déus beneirien i afavoririen aquells que treballessin a l'aixecament de la darrera llar del seu fill i obtindrien un lloc de privilegi al costat dels déus, perquè el faraó duria els seus noms escrits al pergamí final, aquell que dipositarien a la seva tomba, al costat del sarcòfag reial que el transportaria per les aigües del cel, de la mateixa manera que el cos d'Osiris va navegar per les aigües del Nil. I quan Ra insuflés de nou l'esperit al seu fill, retornaria a la vida a tots aquells que havien fet possible el retrobament i viurien per sempre més en la felicitat eterna del paradís celestial.

Totes aquestes noves creences van arrelar ràpidament en el cor del poble i en la credulitat de la gent, i Dashur s'omplí d'un exèrcit d'obrers i artesans que van prendre la planura, cantant i feliços amb l'absolut convenciment que ells també entrarien a l'eternitat.

*** ***

Sedum, des de les muralles de Jemenu, contemplava els primers vaixells que baixaven pel Nil carregats amb els enormes blocs de pedra. Tothom parlava al mercat, tothom comentava la grandesa del faraó. Ell, Sedum, s'ho mirava amb ulls crítics i es demanava on conduïa aquella disbauxa.

Ja anava a sortir de casa per trobar-se amb Sebekhotep, quan va arribar el missatger de la reina Heteferes amb ordres directes, escrites en un pergamí i certificades amb el segell oficial. Sedum el va llegir i es va quedar força sorprès. Heteferes li ordenava que anés a Men-Nefer. Volia parlar amb ell. El pergamí no esmentava el motiu, però l'ordre era urgent.

Va cridar Tuit i li va ordenar que ho preparés tot per sortir, però, abans, va anar a trobar Sebekhotep i li va mostrar el papir. Les seves prediccions, les del mestre, tornaven a complir-se, inexorablement.

—És el teu destí —li va dir, i el va abraçar— Però, no tinguis por. Estàs prou preparat per enfrontar-te a ell. Pensa que les proves ens arriben per demostrar que hem fet els deures. Són lliçons que hem d'aprendre, com a l'escola. De manera que, medita-ho bé i accepta allò que t'ofereixin.

—Vols dir que hi ha un oferiment, darrera d'aquesta ordre?

—Sí. El teu temps s'ha complert, aquí, a Jemenu.

—Ens hem de separar?

—De moment —va fer Sebekhotep, amb un somriure—. No estiguis trist. El destí de tots els homes està lligat. El record és el cordó umbilical que ens manté units i tard o d'hora ens fa retornar. En aquest afer, jo he fet la meva tasca. Ara et pertoca a tu, acabar-la.

Malgrat que Sebekhotep va voler allunyar la pena, Sedum va sentir un gran buit per haver d'abandonar Jemenu i el seu mestre i amic. Com deia ell: les estrelles assenyalen el camí i la llibertat només s'assoleix quan acceptem de bon grat allò que l'esdevenidor ens ha reservat. Només, d'aquesta manera, pots arribar a escriure la història amb la teva pròpia mà. Tot i així, de vegades, se'ns demana que deixem enrere sentiments i vivències que han omplert la millor part de la nostra vida. I hem d'abaixar el cap i acceptar.

Tuit també tenia notícies per comunicar al seu marit, però es va estimar més callar. Sedum estava preocupat i va decidir que era molt millor esperar el seu retorn per dir-li que els déus els havien beneït i que serien pares, si tot anava com havia d'anar.

*** ***

Com és que Heteferes, a qui només havia vist algun cop i amb qui gairebé no havia parlat, el cridava?, no deixava de demanar-se el comptable al llarg de tota la travessa. I el mateix pensament seguia viu i present quan va entrar a la sala reial, inquiet, sense conèixer les intencions d'una dona que mai no manifestava els seus sentiments.

La reina s'estava asseguda enmig de la sala de repòs de les seves dependències i Ramosi era al seu costat, mentre les serventes romanien a la terrassa, lluny per no poder sentir la conversa i a prop per si Heteferes les cridava.

Sedum va creuar l'estança ensems que el soldat tancava la porta a la seva esquena i quedà envoltat per la rica decoració femenina que omplia les parets de flors de tonalitats dolces. Era la primera vegada que visitava aquella part del palau i va caminar amb els ulls baixos, tal com correspon a les normes de respecte i veneració cap a l'alta persona que el rebia, fins que es va postrar als peus de l'escala, davant la cadira situada damunt una tarima i enlairada del terra l'alçada d'un home adult, i va esperar pacientment que li parlés.

—Tur diu que ets un bon comptable i Ramosi afirma que ets culte, fidel i honrat —va fer Heteferes, mentre Sedum seguia agenollat davant seu.

—Procuro fer la meva feina el bo i millor que puc, reina de tot l'Egipte, flor predilecta dels jardins del faraó.

De cua d'ull podia veure Ramosi, que s'estava allà dret, dos graons per damunt seu, i el mirava amb interès. El summe sacerdot va baixar i va venir fins al comptable.

—Aixeca't —li ordenà.

Sedum, per primer cop, va elevar un xic la mirada per dirigir-la cap a Heteferes. Llavors ella assentí lleugerament amb el cap i ell es va posar dempeus, encara que va conservar els ulls baixos, sense mirar-li ni tan sols els peus. Llavors, Ramosi li mostrà un papir ple de números. Es tractava d'un contracte de bestiar.

—Què em pots dir, d'això?

El comptable va prendre el papir amb les mans i el va contemplar durant uns instants. Eren uns comptes llargs i enrevessats. Va fer les sumes de forma ràpida, mentalment, i semblaven correctes. Però, més valia no refiar-se'n i es va prendre el seu temps per descobrir on es trobava el parany.

—Hi ha un error —va dir, finalment.

—Quin?

—És evident que han emprat tres mesures diferents: el *shat*, el *deben* i el *zites*. I tots els càlculs, a primer cop d'ull, semblen correctes, perquè un *deben* equival a deu *zites* —llavors va assenyalar un punt i afegí—: Però aquí han canviat de *shats* a *zites* i no han tingut en compte que la proporció ha de ser de 7 a 9. El problema és que aquest error va en contra del comprador i a favor del venedor. Si ets tu, que has comprat el bestiar, t'han enganyat. I si ets el venedor, has estafat.

Ramosi va assentir lentament, satisfet, li va prendre el papir de les mans i va mirar significativament la reina. Després es tombà de nou cap a Sedum.

—Continues tenint resposta per a tot.

—És la meva feina, digníssim Ramosi.

Havia passat la prova, va sospirar alleugerit. Llavors, Heteferes i Ramosi van parlar amb veu baixa, mentre Sedum es tornava a agenollar i esperava en silenci el resultat de la conversa.

D'allà va sortir amb un nou càrrec. Seria el preceptor dels fills del faraó. D'Snefrú i d'allò que pensés, no se n'havia de preocupar. Ramosi ja el convenceria. I així va ser. El faraó no va tenir cap impediment per desprendre's d'un comptable i guanyar un preceptor per als seus fills, mentre Sedum pensava amb la predicció de Sebekhotep i no parava de sorprendre's.

Dies després el nou preceptor va descobrir que primer li havien ofert el càrrec a Tur, que va veure de seguida que l'honor que li posaven al davant l'apartaria de la comptabilitat. Llavors, va proposar que fos Useriv, qui s'encarregués de tan delicada qüestió (eren paraules seves), però el seu ajudant tampoc no era idiota i cap dels dos no volia deixar anar la mamella de les mans. De manera que només quedava el pobre babau que mai no sabia res, mai no veia res i mai no deia res. És a dir: Sedum. I Tur i Useriv, podrien continuar espoliant les arques del faraó. Tur amb la construcció de la piràmide i Useriv amb els comptes personals. S'havien de repartir les tasques. I els beneficis, evidentment.

Aquell parell de rapinyaires havien vist en Sedum la salvació i el comptable tercer va copsar que Ra, amb la seva infinita bondat, li havia atorgat la llum per veure-hi clar i Thot, en un esclat d'inspiració, li havia infós la saviesa per un instant. Per això, va acceptar el càrrec a l'instant. Allò l'apartava per sempre més del perill dels comptes del faraó, l'apropava a la reina i li proporcionava una aliada inestimable. Amb un sol cop complia totes les condicions del savi consell de Ramosi i, ensems, s'escapolia de les seves urpes, perquè, malgrat que durant aquells anys no l'havia visitat, prou sabia que ocupava un racó a la seva memòria i que, tard o d'hora, es tornaria a presentar. Però, ara, què podia fer, contra ell? Ja no portava els comptes del faraó i, a més, Heteferes, malgrat que Ramosi fos present a l'entrevista, no li tenia massa consideració.

Va tornar a Jemenu i va explicar a Tuit la bona nova. Ella va somriure i afegí un altre regal, aquell que duia dintre seu. Quan es va assabentar, Sedum va fer:

—Ara sí, que el meu fill i jo...

—Encara no sabem si serà nen o nena.

—Però, serà —va fer ell.

Aquella nit es va adormir en braços de Tuit, com si el temps no hagués passat, somiant amb el futur i gaudint de tanta felicitat que s'espantà, en sentir que el cor l'amenaçava d'esclatar-li dins del pit. Si era nena també l'educaria i la convertiria en algú d'important. A Egipte qualsevol persona pot arribar on vulgui. Ningú no mira la seva condició, el seu origen o el seu sexe. Excepte en el cas dels summes sacerdots i del faraó.

L'endemà quan s'acomiadava de Sebekhotep als jardins del temple, al racó que l'omplia de records i que li havia llegat els inestimables coneixements de mans del sacerdot, aquest li va dir:

—Dedica especial atenció a Kheops.

—Per què?

—Els astres li són especialment favorables.

Sedum va assentir i amb tots els seus estris i en companyia de Tuit va prendre un vaixell i va retornar a Men-Nefer, a la petita casa que era de la seva propietat, per deixar enrere el mestre i retrobar parents, amics i veïns i iniciar una nova etapa de la seva vida.

*** ***

Un dia, quan Sedum ja s'havia traslladat a les dependències de la reina Heteferes, va trobar Ramosi. Més aviat hagués pensat en ell, més aviat hauria aparegut.

—Et felicito pel nou càrrec. Has fet una bona tria —li va dir el summe sacerdot, i afegí—: Recorda que formar un futur faraó és una responsabilitat molt gran. No descuidis Kheops, però. Pensa que si a Kannefer li arribés alguna desgràcia, que els déus no vulguin i a qui guardin molts anys, el seu germà prendria el seu lloc —va callar uns instants i afegí—: Si necessites ajuda o algun consell, si tens algun dubte, recorda que sempre seré al teu costat i que pots recórrer a mi quan vulguis.

Sedum va agrair l'oferiment i va pregar Jnum perquè mai no l'hagués de menester. El prec va ser en silenci, naturalment. El nou preceptor es demanava quines eren les intencions de Ramosi, perquè en aquells dies s'havia assabentat que va ser el summe sacerdot qui va suggerir al faraó la necessitat de prendre un preceptor de veritable alçada per als seus fills. I va ser ell qui va proposar Tur, sabent que no acceptaria. I també va ser ell qui, quan Useriv s'escapolí, va suggerir, hàbilment, el nom de Sedum, el brillant escriba que vivia a Jemenu, nomenat directament pel faraó.

—Per cert —va fer Ramosi, abans de marxar, tallant els pensaments del nou preceptor—. M'has de mantenir ben informat dels progressos dels fills del faraó.

—Demanaré permís a la reina i, si no hi té cap inconvenient, així ho faré.

—No cal que la destorbis amb un detall tan insignificant —respongué Ramosi—. Només pensa que el teu càrrec me'l deus a mi.

—Tinc bona memòria i no he oblidat que et dec la vida.

—I la llibertat —somrigué Ramosi.

—Però, encara no hi has posat preu.

—No. Encara no ho he fet.

—I em vas dir que t'estimes més cobrar-ho tot d'un sol cop.

—Sí, és cert.

—Llavors, no pretenguis un avançament —féu Sedum, i repetí—: Parlaré amb la reina i, si no té cap inconvenient, seràs informat.

El somriure de Ramosi es va escapçar.

—Jemenu t'ha canviat. Abans eres més receptiu.

—I encara ho soc —replicà Sedum—. Fins i tot, més que abans, perquè he après a obeir la llei.

—Continues tenint resposta per a tot, però, de vegades, és millor restar callat —va dir Ramosi, i va marxar.

Sedum es va quedar pensarós. Potser, havia anat massa lluny.

*** ***

Només amb unes poques hores Sedum va poder constatar que Kheops era el més intel·ligent dels fills del faraó Snefrú. Kannefer no era cap babau, però el germà petit l'eclipsava per complet. Tenia els ulls ràpids i la ment àgil, copsava de seguida les explicacions i les discutia a bastament, fins que el seu desig de saber quedava satisfet, cosa que trigava a passar perquè semblava que mai no en tingués prou.

Hi havia un altre tret curiós que diferenciava els germans. Kheops gaudia d'una aurèola de distinció i d'una mirada profunda que feien que tots els ulls es dirigissin cap a ell. A més, de ben petit, ja es comportava com un fill de faraó, sense que ningú li hagués ensenyat a quedar-se plantat davant d'un servent i manifestar els seus desigs amb fermesa. En els jocs s'imaginava dirigint un exèrcit, mentre que Kannefer semblava viure en un altre univers més proper al món dels infants corrents i se sentia més atret per la història d'Egipte, pel pensament i per la religió. Sebekhotep també l'havia encertada en aquest punt. Si Sedum hagués de fer la tria, Kheops seria l'escollit. I si Snefrú seguia els dictats de la raó, l'evidència era massa clara. Kannefer seria un bon visir, però mai un gran faraó. Cadascú, en aquesta vida, té el seu lloc reservat. Ja és ben cert.

El comptable, esdevingut preceptor, es va dedicar en cos i ànima a la nova tasca i va atorgar especial atenció a Kheops, tot i que procurava que ningú no se n'adonés. Les paraules de Sebekhotep repicaven dins del seu cap i l'advertiment de Ramosi també hi era present. «Si a Kannefer li arribés alguna desgràcia, que els déus no vulguin, Kheops ocuparà el seu lloc.»

Seguint els savis consells de Sebekhotep, va dirigir amb habilitat les ments d'aquells dos infants per tal d'aconseguir que la raó presidís qualsevol resposta a qualsevol pregunta i, de mica en mica, va poder contemplar com els seus esforços obtenien resultats i com Kannefer i Kheops eren capaços de plantejar-se tot tipus de qüestions, des de les més elementals fins arribar a algunes de profundes, i com ells mateixos cercaven la solució i construïen el seu propi món.

—I tu què en penses? —li demanava Kheops, prou sovint.

—No és important, allò que jo penso, sinó allò que tu sents i ets capaç d'esbrinar —li responia.

—Però, si tu fossis jo, què faries?

—Jo no soc tu —somreia Sedum— Mai no ho seré. De la mateixa manera que tu, malgrat estar per damunt meu, mai no seràs jo.

Sedum, fins aleshores, no s'havia dedicat a l'ensenyament i aquesta nova tasca li va proporcionar una gran satisfacció. Seure amb dos mentalitats joves i verges, que demanaven constantment noves idees, nous plantejaments i nous misteris per resoldre, representava una experiència impagable. Fins i tot, ell es veia obligat a fer un esforç mental gratificant, perquè les preguntes dels fills del faraó eren moltes i el temps semblava no existir. Llavors, va entendre el posat de Sebekhotep i també va entendre que la ment del mestre es mantenia constantment jove i desperta mercès a viure envoltat de joventut, on la curiositat tot ho presideix.

—L'interès és el que ens guia —li havia dit Sebekhotep, a Jemenu.

I la curiositat ens manté perpètuament vius i joves, pensava Sedum. Els perquès encadenats, sense gairebé solució de continuïtat, en algun moment l'havien obligat a cercar detalls que ni s'havia plantejat i això engrandia els seus coneixements amb noves descobertes.

Indubtablement, representava la millor època de la seva vida, la major de les experiències viscudes fins al present. Els déus eren amables amb ell.

*** ***

Uns mesos després, una nova desgràcia l'esperava. Tuit va caure al mercat i va perdre el fill. Aquest episodi va abatre per segon cop Sedum i va negar de llàgrimes la seva llar, perquè la seva esposa no era capaç d'entendre les paraules de Sebekhotep, quan li va dir que un dia Sedum seria pare i que el seu fill esdevindria font d'eternes benediccions, però els déus semblaven no escoltar les seves pregàries ni acceptar els sacrificis que els oferia. Menys encara quan els metges li van comunicar que els anys passaven i que cada cop seria més difícil que tornés a quedar embarassada. I les prediccions dels mortals semblaven tenir molta més força que no pas els designis de les estrelles eternes, perquè, per més que ho intentava, el seu cos no retenia la llavor.

Va transcórrer un any i, tot i que Sedum vivia allunyat de les intrigues de palau, els rumors corrien i a casa d'Heteferes les dones feien comentaris de tot tipus sobre el canvi que s'havia operat en les relacions del matrimoni reial. Durant tots aquells mesos mai no va veure Snefrú. Gairebé no apareixia per les estances de la reina. Anava massa atrafegat amb la construcció de la seva piràmide i deixava en mans de la seva esposa l'educació dels seus fills.

Ramosi, per contra, venia força sovint i s'interessava pels progressos dels dos fills del faraó. Sedum, fidel a la seva paraula, havia demanat permís a la reina, que no es negà, però li va prohibir que anés al temple. Hauria de ser Ramosi que es desplacés i que fes les preguntes, i Sedum, immediatament, les hi hauria de traslladar, a ella, que aplicava subtilment la vella tàctica de dur l'enemic al seu territori.

El summe sacerdot acceptà la imposició i el visitava regularment. No parava de fer preguntes i més preguntes i sempre tenia un nou suggeriment i li portava pergamins que explicaven l'origen dels déus i l'origen d'Egipte, que Sedum acceptava. Com li havia dit Sebekhotep, qualsevol coneixement és coneixement i res no s'ha de menysprear.

Adu-Deber morí poc després. El seu cos va ser embalsamat i enterrat en una mastaba gran, bastida a Sakkarà, a prop de la tomba d'Huni, a qui havia servit fidelment durant tost els anys del seu existir, i més tard a Snefrú.

Ramosi esdevingué el nou visir, l'home de confiança de la més alta autoritat de tot l'Egipte. Llavors, se'n va anar a parlar amb la reina.

—D'aquí un temps, els fills del faraó hauran de venir al temple per acabar la seva formació —va dir a Heteferes, amb un deix d'imposició.

—Quant de temps? —li va preguntar la reina amb un somriure.

—La propera estació.

—Sedum no és un bon preceptor? —seguia somrient la reina.

—El millor de tots, sens dubte —respongué Ramosi. No podia respondre altra cosa, perquè era ell qui l'havia proposat per al càrrec. I amb molta habilitat, afegí—: En les arts i les ciències, però. No obstant, reina de tot l'Egipte, Kannefer i Kheops s'han de preparar per ser els successors del fill de Ra, i la política i el govern són arts que cauen fora de l'abast de Sedum.

—Encara que siguis visir, mai no estaràs ni per damunt meu ni per damunt de la llei. Kannefer no anirà al temple fins no complir divuit anys, igual que Kheops. Mentre, tens prohibit tornar a trepitjar aquest palau per demanar com va la seva educació —sentencià la reina, que s'aixecà i el va deixar plantat.

Ramosi féu una lleugera reverència i marxà enfadat. Amb allò no hi comptava, perquè havia arribat convençut que el càrrec de visir li atorgava unes prerrogatives que Heteferes, evidentment, no estava disposada a concedir·li fàcilment. Ben al contrari, la reina va cridar Sedum i el va posar al corrent de les seves noves disposicions.

7.- EL TRESORER DEL FARAÓ

La notícia va córrer com el *hamsin*, el vent calent del desert que aixeca la fina sorra, la impulsa fins als núvols i l'espargeix pertot arreu, i va inundar tot Men-Nefer, des dels punts més allunyats dels conreus fins a les aigües del Nil.

Ja feia un any i mig que Sedum es dedicava a la formació dels fills del faraó i en aquell temps havien après força coses i res no havia passat fora de l'habitual, però, aquell dia, el poble estava esgarrifat. Ningú no s'ho podia creure. Fins al punt que, quan es van assabentar, Sedum va interrompre les classes. Kannefer i Kheops volien anar a veure el resultat del desastre i la ment dels joves no es podia concentrar. Heteferes els ho va prohibir. Els fills d'un faraó no hi havien de fer res, allà, enmig de la misèria i de la mort.

La gran piràmide, a mig bastir, s'havia esfondrat. Centenars i centenars d'obrers havien mort o desaparegut i molts altres estaven ferits. Va ser horrorós. De les runes van extreure piles de cadàvers i Egipte sencer va plorar la desgràcia davant l'estesa de cossos aixafats i, més tard, en els magnes funerals que van tenir lloc els dies següents. Homes i dones, fills i pares, germans, parents i amics caminaven pels carrers de Men-Nefer, s'esquinçaven els vestits, ploraven i cridaven esfereïts. Gairebé no hi havia cap casa que no tingués un parent o un amic entre els morts.

Apaivagat el primer espant, s'enlairaren els rumors i els comentaris, que guimbaven de boca en boca, mentre els altres sacerdots, dels temples d'Apis, de Jnum, d'Osiris, d'Isis, de Toth, i dels llocs més insospitats, aprofitaven les luctuoses circumstàncies per aixecar l'ombra del dubte sobre la filiació divina del faraó en un intent per furtar la primacia al summe sacerdot de Ra. Les frases, a mitja veu, als mercats, a les places, als carrers i a tots els racons d'una ciutat ofegada pel dolor, apuntaven que els déus s'havien enfadat davant la supèrbia del faraó i que un llamp del cel havia caigut damunt la construcció i l'havia desfet. A cada instant, conforme apareixien més cadàvers entre les runes, el drama adquiria una nova dimensió i les versions es multiplicaven.

Snefrú bramava com un lleó afamat enmig del desert i demanava el cap dels responsables. La seva piràmide!, l'encenia la còlera. La seva piràmide! Allò era el que més l'importava. Els arquitectes tremolaven i cercaven explicacions. Shemaí ordenà refer els càlculs, a la recerca de la causa d'aquella immensa desgràcia, però els seus col·laboradors juraven i perjuraven que eren correctes, que no hi havia cap error, i no eren capaços d'explicar l'accident, per la qual cosa els rumors seguien creixent entre el poble que plorava a la porta dels temples i clamava justícia als carrers.

Ramosi es va retirar hàbilment al temple de Ra i va manar tancar les portes. Per resar, deia. Per oferir sacrificis a Ra i implorar la seva justícia. Des d'allà va muntar l'estratègia. Sacerdots de la seva confiança van sortir a corre-cuita, amb missatges per als summes sacerdots dels altres temples. Estava disposat a compartir la pesant càrrega d'assessorar el faraó. Sabia, per pròpia experiència, que la cobdícia i l'afany de poder pot obrar miracles. I no es va equivocar. Aquest oferiment li va permetre gaudir d'un temps preciós que no va desaprofitar.

Poc després Shemaí va trobar l'explicació. Els materials emprats en la construcció no eren els que ell havia demanat. La pedra no havia estat tallada correctament i la fusta de les bastides era de baixa qualitat. A més, afegia, ningú no entenia com podia costar aquelles quantitats absolutament desmesurades, que tant irritaven el faraó. I, curiosament, aportava proves. Contractes i factures no es corresponien. D'on les havia tretes? Tanmateix, aquest darrer detall, al faraó poc li va importar. Ja tenia on buscar, a qui carregar les culpes de la desgràcia i la manera d'apaivagar la fúria del poble.

Es va iniciar una investigació. Tots els comptes de palau van ser estudiats per comptables vinguts del temple, sacerdots de la confiança del visir, que van trobar errors i malversacions pertot arreu. Les proves apuntaven cap a una sola direcció i Tur i Useriv van ser detinguts i empresonats.

El judici va ser ràpid i públic, i la sentència implacable. Havien confessat la traïció, després que les ungles i les parpelles els fossin arrencades, la carn socarrada amb l'espasa roent, les orelles tallades i els testicles esclafats. Contemplar els seus cossos esgarrats, enmig de la plaça, al peu de l'escalinata del palau reial, feia venir basques. Una multitud cridanera i enfurismada demanava que els els lliuressin, que ells farien justícia, i els soldats van haver d'aplicar-se de valent per retenir-los i impedir que la gent saltés damunt els culpables i els esquarterés allà mateix.

Els jutges van llegir la sentència. Totes les seves propietats van ser confiscades i passaren a mans del faraó, que va decidir, seguint el consell de Ramosi, dividir-les en dues parts. Una per pagar les famílies dels que havien perdut la vida i l'altra per restablir les arques reials.

Des d'allà, del bell mig de la plaça, va sortir una macabra comitiva camí de les terres roges, passant entre dues llargues fileres de rostres congestionats per l'odi i l'afany de venjança, d'homes i dones que els insultaven, els escopien i els llançaven pedres. Finalment, els seus cossos es van assecar al sol, penjats al desert, després d'omplir les seves ferides amb sal i silenciar els seus brams tot tallant-los la llengua.

A les dones, Dedet i Tiie, els van arrencar els mugrons amb estenalles, perquè mai més no poguessin alimentar els seus fills, els van tallar els dits polzes de les dues mans per tal que tothom conegués la seva culpa, i dels dos peus, perquè només veure-les caminar, de lluny, se les pogués reconèixer. Després els van rapar el cap i les van passejar per tota la ciutat, despullades, perquè el poble contemplés allò que esdevé a qui roba Snefrú, llum d'Egipte, senyor de totes les terres del Nil i fill de Ra. I, arribada la nit, les van abandonar fora de la ciutat i van tancar les portes. El seus noms serien esborrats i patirien la pitjor de totes les morts, perquè ningú no les acolliria, ningú no els oferiria aixopluc i cap ciutat del regne obriria les seves portes per deixar-les entrar.

I els fills dels traïdors van ser venuts als libis, com a esclaus, per acabar de pagar els deutes dels seus pares. Aquesta va ser la justícia del faraó Snefrú, senyor de totes les terres del Nil, llum d'Egipte i fill de Ra.

El poble va quedar content. Havia acceptat les explicacions i les aigües tèrboles es van aclarir, mentre la tempesta s'apaivagava i tot retornava al seu punt d'equilibri. Els responsables havien pagat el crim i Snefrú obtenia un benefici addicional. Ningú que tingués dos dits de seny gosaria enganyar-lo altre cop.

Ramosi, capgirant completament una història i convertint-la de nou en un prodigi dels déus, que havien volgut donar una lliçó al poble, encara va engrandir més el seu poder. La seva paraula era escoltada pel faraó com si fos una veritat de les entitats celestials. Més d'un dels seus rivals, summe sacerdot d'altres temples, es va penedir d'haver confiat en ell i haver perdut una ocasió sense preu. Ara, Ramosi, havent salvat el rostre i la situació, ocupava una posició inassolible per a qualsevol d'ells i ningú podia discutir-li la seva autoritat.

Aquella nit, Sedum va donar gràcies a Jnum, més de cent cops, per haver-li atorgat totes les seves benediccions, per haver-lo allunyat de tot perill i haver-li concedit la seguretat.

—Donar gràcies és reconèixer les nostres limitacions i adquirir un xic més d'humilitat —li havia dit Sebekhotep, a Jemenu, una nit, quan el comptable li va preguntar si era correcte agrair els déus.

Però l'endemà del judici, quan els culpables ja eren morts, la sentència conclosa i ell ja es creia sa i estalvi, el faraó li va ordenar presentar-se davant seu.

Era primera hora de la matinada. Sedum encara no s'havia llevat. El missatger que va arribar a casa seva, venia acompanyat de dos guàrdies. Tuit, que preparava l'esmorzar, es va sorprendre, va demanar què passava, però no obtingué resposta. Espantada, el va desvetllar.

—Què deu de voler, de tu?

—No ho sé.

—I per què envia dos guàrdies?

—Si ja no puc respondre la primera pregunta, imagina't la segona —va fer Sedum i es vestí amb una esgarrapada.

Durant el trajecte fins a palau, el preceptor dels fills del faraó tremolava de cap a peus. I més encara quan va entrar a sala del tron i es postrà davant Snefrú, el rostre del qual, que va poder copsar d'esquitllada, tenia un posat greu. Aquell que Sedum recordava dels seus temps al costat de Tur i Useriv, al palau d'Heteferes, instants abans de castigar un servent o un esclau, com un senyal de la ira continguda.

—Tu sabies que Tur i Useriv m'enganyaven amb els comptes? — preguntà Snefrú.

Quina havia de ser la resposta? I és clar que ho sabia! Tothom ho sabia. Tothom, excepte el faraó. Com sempre passa. Però, aquella confessió significaria la seva mort.

—No podia, gran Snefrú, llum d'Egipte, senyor de totes les terres del Nil, fill de Ra —va amagar el cap entre les mans.

—Com és que no ho sabies, si eres amb ells?

—Oh, gran senyor! El més gran sobre la terra! Ja fa temps que no era amb ells.

—I, abans? —cridà Snefrú.

—Ells no em permetien veure-hi res —amorrà de nou el cap, el preceptor—. M'encomanaven tasques senzilles, sense cap mena d'importància, i m'amagaven els comptes reials. Mai no vaig tenir accés als papirs tancats a la cambra on ells es reunien.

—Com vols que et cregui?

Sedum es va adonar que suava, suava com mai no ho havia fet, com un porc. Cercava dins el seu cap paraules que l'exculpessin, però la por se'l menjava. El summe sacerdot de Ra, feia anys, ja li ho va advertir. Qui et creurà?, li havia dit. I, ara, aquella pregunta esdevenia més que predicció. Esdevenia realitat i sentència.

—És cert, gran Snefrú —es va sentir la veu de Ramosi, a qui, fins aleshores, Sedum no havia vist allà, dins de la sala del tron—. Recorda que van ser ells, Tur i Useriv, els que van recomanar Sedum perquè dugués els teus comptes de Jemenu. I, després, també van ser ells que el van recomanar com a preceptor dels teus fills. Se'l volien treure del damunt, perquè representava un perill. Si Sedum ho hagués descobert, t'hauria vingut a veure i t'ho hauria explicat tot —llavors, mirà a Sedum i preguntà—: No és cert?

El pobre mestre va fer que sí amb el cap, amb força, un i altre cop, fins que el coll li feia mal.

Snefrú es va quedar en silenci. Sedum no gosava aixecar els ulls i seguia tremolant. Resava perquè les paraules de Ramosi poguessin commoure el cor del faraó, que quan s'enfadava era terrible.

—Necessito un tresorer —va fer de sobte Snefrú, com si res d'allò que havia passat tingués la més mínima importància—. Algú que sigui fidel i honrat, si és que n'hi ha —va afegir, amb veu poderosa, molt enfadat.

—No crec que en tot Egipte hi hagi un de tan honest com Sedum —va contestar Ramosi—. Tants anys al teu servei i encara vesteix la mateixa roba. No té terres ni riqueses. Només una casa humil. Dos fills ha perdut i no els ha enterrat ni a la mastaba més petita que el més enforatat dels racons de palau. Creus que, si t'hagués robat, viuria com el més pobre dels teus servidors?

Snefrú s'alçà i va passejar-se per l'estança. Es va aturar davant Sedum, que li veia els peus. Només els peus.

—Pel teu treball cobraràs deu debens de plata cada any —sentencià Snefrú—. Tindràs casa i terres, però si algun dia pretens enganyar-me, la teva pell s'assecarà al sol, de la mateixa manera que la dels teus predecessors.

Sedum abandonà la sala del tron. Les cames encara li feien figa, el cor no parava de bategar amenaçant amb sortir-li del pit i quan ja caminava pels jardins, Ramosi l'atrapà.

—Ja et vaig dir que sempre s'ha de saber qui és el teu aliat. Pregaré als déus perquè tinguis descendència —

féu el summe sacerdot, i va acompanyar les paraules amb un somriure.

*** ***

Sedum va recollir les seves pertinences, abandonà les dependències que la reina Heteferes li havia assignat per ensenyar els seus fills i es va traslladar a una casa que havia pertangut a Useriv. Una setmana després, un escriba de palau li va dur l'escriptura. Ja era propietari d'una casa gran plena de mobles de fusta portada de més enllà de les cascades, catifes de grans dibuixos, columnes folrades d'alabastre i enriquides per capitells pintats amb els colors més vius, cortinatges a les finestres, un bany sumptuós, un jardí farcit de flors amb una font al centre, un hort i unes terres que l'envoltaven amb extensos camps de conreu que aprovisionaven els dos graners de cereals.

Per aquells dies d'abundor i fortuna Tuit tornà a quedar embarassada. Tal vegada, la darrera oportunitat que la natura, en la seva infinita bondat, li concedia. Potser el regal que els déus els enviaven com a mostra del seu agraïment per tots els sacrificis, les ofrenes i les oracions.

Sedum, abans d'abandonar el palau de la reina, es va acomiadar de Kannefer i de Kheops. El més jove dels prínceps el va abraçar i va plorar. No oblidaria el seu preceptor encara que passessin mil anys, li va dir.

—Un príncep mai no plora —va respondre Sedum i amagà la mirada perquè Kheops no pogués descobrir les seves llàgrimes—. A més, no serem tan lluny, l'un de l'altre. No abandono Men-Nefer i si em demanes que vingui, em tindràs al teu costat. Recorda sempre allò que t'he ensenyat. No manifestis mai els teus pensaments. Simplement, escolta. En el silenci està la teva força. I en el pensament, el teu futur —darrera lliçó i resum de tots els coneixements que durant aquells anys havia intentat inculcar en el jove cor.

Kannefer, per la seva banda, es comportà com un adult, encara que també li va manifestar la seva tristor per haver-se de separar.

Després Sedum va demanar audiència a la reina, que estava molt enfadada. Li dolia perdre aquell preceptor, amb qui s'entenia molt bé i a qui respectava profundament perquè era noble, fidel i honrat. Ara hauria de confessar que al principi va sentir certa recança, perquè venia recomanat pel summe sacerdot de Ra, però que, de mica en mica, es va adonar que no n'hi havia cap altre com ell. Tanmateix, les ordres del faraó eren indiscutibles i de poc havien servit les seves protestes. Ell l'hi havia deixat i ell l'hi prenia.

—Qui educarà els meus fills, ara que tu marxes?

—Si cerques el millor de tots els preceptors, sens dubte és Sebekhotep.

Heteferes va fer cas del consell de Sedum i va enviar un emissari a Jemenu, però el sacerdot de Toth li va contestar:

—Digues a la reina que els seus fills ja poden anar al temple, perquè allò que havien d'aprendre, n'estic ben segur que ja ho han après.

I Ramosi va contemplar amb satisfacció com els fills del faraó eren acollits pels murs que envoltaven els seus dominis. Un cop més constatava que la paciència és una gran virtut.

*** ***

La felicitat de Sedum es va incrementar quan el metge li va comunicar que podia sentir com la vida es bellugava dintre de Tuit i que aquest cop els ulls de la seva esposa cantaven cançons de bressol. El nou tresorer se'n va anar al temple de Ra i va pagar els sacerdots perquè oferissin sacrificis als déus. Quan ja marxava, va trobar Ramosi.

—A què devem la teva visita?

Sedum li va explicar allò que feia al cas i el summe sacerdot somrigué.

—Un home prudent, com tu, sempre rep recompenses —va dir—. I un home prudent, gaudeix de bona memòria.

—No et preocupis, digníssim Ramosi. He pres bona nota d'allò que no haig de fer. Tur i Useriv van ser dos bons mestres.

—Aprendre no és problema de memòria, sinó d'intel·ligència. Quan parlo de memòria, m'estic referint a altres coses.

—Tinc bona memòria. Et dec la vida.

—Més d'un cop —sentencià el summe sacerdot, i se'l va quedar mirant fixament.

Sedum va copsar la intensitat de les paraules. Potser, havia arribat el moment de pagar el deute.

—Ja et vaig dir que fixessis el preu, i no ho he oblidat —va fer.

—Així ho espero. A partir d'avui, no tan sols m'informaràs de com van els comptes del faraó, sinó de tot allò que passa a palau. Fins i tot, d'allò que el faraó diu i pensa.

—Com a visir tens dret de demanar-me informació sobre el meu treball, perquè ets el responsable màxim dels comptes del faraó. I jo no t'ho negaré mai. Demana que em talli una mà i ho faré, sense parpellejar. Et dec la vida i te la pagaré amb la pròpia, si cal. Però, no em demanis que traeixi el meu senyor.

—No n'hi ha, d'homes com tu —afirmà amb el cap el summe sacerdot de Ra i visir del faraó—. És molt generosa la teva proposta de pagar vida per vida. Hi pensaré

133

detingudament i pregaré als déus perquè t'atorguin abundosa descendència.

La conversa es tallà en aquest punt, però no calia ser gaire despert per entendre les seves paraules. Desgraciadament, Sedum anava sumant deute darrere de deute i Ramosi no passava factura. El pitjor de tot és que les paraules que va pronunciar a Aswan, el dia que va cridar Sedum, després de salvar-li la vida, repicaven dins del cervell del comptable amb més força que mai. El summe sacerdot no volia cobrar de mica en mica, sinó que s'estimava més cobrar-ho tot de cop. I, ara, per fi, semblava haver fixat el preu. Vida per vida. El problema era que al nou tresorer no li havia agradat, gens ni mica, el to emprat per Ramosi quan li havia dit que pregaria els déus perquè li atorguessin abundosa descendència, perquè una pregunta li bullia dins del cap: quina seria la vida que el summe sacerdot demanaria a canvi de la seva?

*** ***

Un matí es va presentar un escriba de palau. Venia acompanyat d'un jove anomenat Sauiju i el va presentar, a Sedum, com el seu nou ajudant. Duia un papir amb el segell reial.

Sauiju era un jove tímid i callat. Abaixava els ulls amb humilitat i escoltava amb atenció. Sedum el va acollir amb interès, perquè la feina era molta, les hores poques i encara no havia trobat ningú en qui poder confiar a ulls clucs. Només amb quatre paraules va copsar que era intel·ligent i despert. Snefrú havia decidit iniciar la construcció d'una nova piràmide i això significava una càrrega suplementària que l'obligaria a oblidar-se de tot allò que no fos essencial.

A corre-cuita, va instruir Sauiju, per tal que dugués els comptes de palau, i es va sorprendre de comprovar que el jove aprenia amb rapidesa. Llavors, es dedicà per complet a controlar les despeses de la nova piràmide. No volia acabar com Tur i Useriv, torrant-se sota el sol del desert, i esmerçava hores i hores a repassar i controlar el treball dels seus subordinats, a llegir cada nou contracte i a comprovar-ne el seu compliment.

El nou emplaçament també seria a Dashur, però lluny de la piràmide esfondrada per la cobdícia dels seus predecessors.

Els arquitectes van trigar força temps a fer els nous càlculs. Shemaí tenia molt clar que el prestigi de Sedum, com a home honrat, abraçava totes les terres d'Egipte i sabia que un segon error no trobaria més responsables que ell mateix, perquè Snefrú confiava en el seu tresorer i dins de palau comentaven que les seves paraules li arribaven amb facilitat. Era molt treballador i els mercaders coneixien que la seva habilitat per fer tractes era infinita i que servia el seu senyor com ningú mai no ho havia fet.

Quan tot era a punt per començar, va tenir lloc un nou esdeveniment.

Snefrú havia rebut la visita d'Hetsherit, la seva germana, que venia acompanyada de la seva filla Seshat, una jove de quinze anys, alta, esvelta i molt torbadora, capaç d'embruixar qualsevol home i fer-li perdre els sentits. El faraó, només veure la seva neboda, va caure perdudament enamorada d'ella i dies després li va demanar que visités el seu llit, però Hetsherit es va assabentar i va parlar amb la seva filla.

—No acceptis mai aquesta proposició. Si el faraó vol tenir-te, que sigui com esposa.

—Així ho havia decidit jo, mare —li contestà Seshat, i afegí—: Mai no serà com amant ni com una estúpida concubina ni com una esposa més de l'harem, sinó com veritable esposa del faraó.

La resposta va contrariar Snefrú, que la va menysprear, però conforme passaven els dies, cada cop la desitjava més i més, fins al punt que la curullà de regals, tot pensant-se que la jove acabaria per acceptar les seves proposicions. Seshat es va sentir molt afalagada. Tot i així, no va cedir. Aquell joc va continuar durant setmanes i el faraó cada cop n'estava més enamorat. La sola presència de Seshat l'excitava i el fet de no poder tocar-la, encara més, detall que la jove havia copsat i no s'hi estava de presentar-se davant del faraó amb robes lleugeres, envoltada de perfums encisadors, adoptant postures voluptuoses i llançant-li mirades farcides de promeses que esdevenien negativa quan Snefrú s'atansava.

Finalment, després d'un sopar, la va seguir fins als jardins, va intentar un cop més obtenir el seu favor i, davant el rebuig, Snefrú va dir:

—Seràs la meva segona esposa oficial.

—Com pot el gran Snefrú, senyor de totes les terres del Nil, llum d'Egipte i fill de Ra, prometre allò que depèn de la reina? —va respondre Seshat, amb un posat humil i els ulls baixos.

El faraó es va sentir ferit. El to emprat per la jove era ofensiu. Més encara quan havia afegit tots els títols símbol del seu poder. Amb ràbia continguda, la va fer sortir. Tanmateix, un cop més se li apareixia en somnis i la cremor se'l menjava. S'imaginava resseguint aquelles corbes, prement-li els pits, respirant el seu alè i cercant la font d'on brolla el plaer. Però, es despertava sobtat enmig de la nit, i es descobria sol.

Dos dies després se'n va anar a parlar amb Heteferes.

La reina va escoltar totes i cadascuna de les paraules del seu marit, amb tots els arguments que havia triat tan acuradament. No era pas la primera ni la darrera dona que visitaria el seu llit, ni tampoc la primera ni la darrera que compartiria amb Heteferes els honors d'esposa del faraó, perquè Snefrú gaudia del seu harem, però les circumstàncies havien canviat considerablement. Ella havia copsat que Seshat era una jove de quinze anys, però tot allò que tenia de joventut, ho tenia d'intel·ligència, i tot allò que tenia de formosa, ho tenia d'astúcia. A més, amb Hetsherit al seu costat, esdevenia molt més perillosa. Mentre escoltava Snefrú, va fer els seus càlculs. La llei egípcia diu que un home pot gaudir de més d'una esposa, encara que només la primera és oficial. Les altres accepten lliurement una situació de concubinatge i s'han de conformar per sempre més amb un segon terme. Així i tot, la llei no és per al faraó, que vista l'experiència de les tres dinasties anteriors, permet que es pugui casar oficialment diverses vegades per tal d'assegurar la continuïtat al tron. Però, el faraó ja tenia dos fills. Per què, llavors, havia de prendre una segona esposa oficial? L'única cosa que Heteferes tenia a favor seu era la llei, que manava que abans de prendre una segona esposa oficial ho havia de consultar amb ella. I ella, naturalment, s'hi va negar.

Snefrú abandonà el palau d'Heteferes i se'n tornà al seu. Va comunicar la situació a Seshat, que repetí un cop més que no acceptaria visitar el llit d'Snefrú si no era com esposa oficial. El faraó va implorar, però la jove es mostrà inflexible. I aquí va esclatar una guerra silenciosa entre dos palaus, mentre Snefrú veia com el seu desig s'engrandia dia rere dia, sense poder aconseguir el seu propòsit. Llavors va decidir nomenar Heteferes reina de la piràmide i sacerdotessa del faraó, refiat que aquests títols commourien el cor de la seva esposa. Tanmateix, Heteferes va seguir negant-se i, finalment, desesperat, Snefrú va fer:

—Què vols, doncs?

—Una piràmide com la teva —respongué Heteferes i marxà.

Snefrú va cridar Ramosi, Sedum i els arquitectes.

—Vol una piràmide tan gran com la meva —va cridar, mentre els arquitectes tremolaven—. Quan costarà aquesta estupidesa? —va preguntar a Sedum.

Al tresorer no li va ser gens difícil respondre la pregunta, perquè ja havia calculat el cost d'una piràmide i la resposta era prou senzilla. Només calia dir: el doble. O no dir res, perquè el mateix faraó podia fer la suma. Tanmateix, volia sentir de la seva boca la xifra exacta. I l'hi va dir.

—S'ha begut l'enteniment! —cridà Snefrú—. D'on vol que tregui aquesta fortuna?

A partir d'aquí, els presents van escoltar brams de tota mena i cops de puny damunt la taula.

—Pagaré el que sigui a qui em trobi una solució —va acabar el seu discurs.

Tanmateix, Sedum va copsar que hi havia alguna cosa que no hi lligava. I la va trobar. Ara estava ben segur que no era el cost, allò que indignava Snefrú, sinó la pretensió de la filla d'Huni per ser tan gran com ell. De fet, ni se l'havia escoltat quan va pronunciar la quantitat, el disbarat que podia costar.

Ramosi va sortir d'allà ben capficat. La situació era greu, perquè el faraó havia caigut a la xarxa de Seshat i aquella jove era més que perillosa. D'altra banda, Heteferes era filla d'Huni, i Snefrú havia accedit al tron mercès a aquest parentiu. Ningú no podia discutir amb ella, que sempre seria la primera esposa del faraó. El seu rang li ho assegurava. I si era així, llavors, per què havia fet aquella petició tan absurda? Ho havia d'esbrinar i va demanar audiència a Heteferes, que l'hi va concedir l'endemà mateix

Una esclava va conduir el summe sacerdot de Ra fins a la terrassa que donava damunt del Nil, on la reina, jaguda en una llitera, de bocaterrosa, amb l'esquena i les cames nues, se sotmetia a l'habilitat de les mans de les serventes que amassaven les seves carns amb olis per recuperar la fermesa de la joventut. Tan bon punt el va veure arribar, la reina tancà els ulls, com si el summe sacerdot de Ra no hi fos, es tombà cara amunt i demanà a la serventa que continués. Ramosi va contemplar les mans que pujaven lentament per l'estómac i atrapaven els pits formosos i altius. Heteferes començava a ser gran, però encara era molt desitjable, i Ramosi, davant la sensualitat de la carn que es belluga i dels mugrons que s'exciten, abaixà la mirada. Ella obrí les parpelles, es mirà l'home i somrigué. Malgrat que a Egipte la nuesa del cos no es pren com un acte impúdic, perquè la calor obliga a dur robes lleugeres i, fins i tot, de vegades, els homes i les dones treballen despullats, la visió de les carícies i els curts gemecs de plaer torbava al sacerdot, i la reina ho havia copsat i se sentia afalagada. El summe sacerdot de Ra, malgrat la fama que el precedia, era un home com tots els altres i rebia en el seu cos i en la seva ment la crida dels instints animals.

Heteferes ordenà la serventa que l'acaronés més avall i ho va fer amb veu mandrosa, mentre es movia voluptuosament i alçava els braços damunt del cap i deixava al descobert tota la pell. Ramosi no aixecà per res la mirada. Llavors, Heteferes començà a remugar de plaer i així va seguir, fins que les mans de la serventa atraparen el pubis i es colaren entre les seves cuixes per excitar-li les humitats. Llavors, les aturà i digué:

—Avui no —i encara es va acaronar ella mateixa una estona, respirà profundament, ordenà a les serventes retirar-se a l'altre extrem de la terrassa, s'aixecà, es cobrí lentament amb el vestit, mirà Ramosi i féu—: T'excita el meu cos?

El sacerdot se sentí de nou neguitós. No hauria d'haver vingut, es penedia. Va alçar el cap un instant. Aquella mirada, directa als seus ulls i aquella expressió donaven peu a pensar moltes coses, i cap de bona.

—Oh, reina de tot l'Egipte! Ets la possessió més preuada del faraó i cap home gosaria manifestar tal pensament, malgrat que el foc se'l mengés.

—No has respost la meva pregunta. T'agradaria que t'abracés amb les meves cames?, que em lliurés a tu? —i com Ramosi no gosava parlar, ordenà—: Respon.

Una suau brisa arribava del Nil i sota el sostre de canyes s'estava bé, però Ramosi va notar que començava a suar. Havia de destriar molt bé cadascuna de les seves properes paraules.

—Si el meu cor no visqués atrapat per Ra, si tu no fossis reina, si jo gaudís de la noblesa, si tu fossis lliure, si visquéssim altres vides i pogués somiar lliurement, no triaria altre somni que atorgar-te la veneració que mereixes.

—Massa impediments, no creus? —va fer Heteferes amb un somriure—. La meva pell, malgrat els ungüents i els perfums, ha començat a perdre el polit dels pètals de la rosa.

—No diguis això, senyora. La bellesa és el reflex d'una gran riquesa interior i tu ets molt rica, immensament rica, un tresor que tot ull desitjaria.

—Menteixes, però menteixes bé —somrigué de nou, satisfeta. Es va apujà el vestit a l'alçada del pit, tancant-lo com si tingués fred, i s'atansà a la balconada— Seshat és una flor tendra i jove i el faraó ja no té ulls per a mi. Ella coneix tots els secrets de l'amor i és capaç d'embruixar qualsevol —va guardar un instant de silenci—. El meu senyor viu un somni i no s'adona que ha caigut en mans d'una serp verinosa. Vol casar-se amb ell i ocupar la cadira més alta. Ha nascut del fang, és ambiciosa i perversa, i mai no en tindrà prou —el mirà—. Li donarà descendència i els meus fills estaran en perill.

—La llei és al teu costat, flor predilecta dels jardins del faraó —respongué Ramosi—. El gran Snefrú, llum d'Egipte i fill de Ra, pot prendre totes les esposes que vulgui, però no pot nomenar una segona reina sense demanar·te permís.

—Diuen que has presentat al consell una nova llei, segons la qual podrà triar entre tots els seus fills, i si ella adquireix el mateix rang que jo, què creus que passarà?

Ramosi es quedà pensarós. No comptava amb que la reina estigués assabentada de les seves passes i no era moment per intentar explicar·li les raons que l'havien conduït a aquella decisió.

—És el consell, que ha d'aprovar la llei —va dir, finalment.

—Cert, però estic segura que tu hi tens molt a dir.

—Només soc un humil servidor.

—I a qui serveixes?

—Al gran Snefrú, naturalment, senyor de totes les terres del Nil, llum d'Egipte i fill de Ra.

—I a la teva reina?

—Tots els meus pensaments i totes meves oracions són per al teu bé, senyora —féu el summe sacerdot una reverència.

—Doncs, procura que el meu marit accepti les meves peticions.

—No veig com ho puc aconseguir. El gran Snefrú parla amb el seu pare Ra i pren les seves decisions.

—Però tu ets el summe sacerdot del temple del sol i el meu marit i senyor t'escolta. Tothom ho sap. I jo, potser, no t'he valorat en la teva justa mesura —el va mirar amb duresa—. Retira't.

Ramosi abandonà el palau d'Heteferes. Parlar amb ella encara havia empitjorat la situació. Per què les dones tot ho han d'embolicar? Per què els homes no poden retenir els seus instints? Per què el govern d'una nació ha de ser en mans del caprici? No parava de cridar al seu interior.

Durant dies el tresorer del faraó també va pensar-hi, en aquell afer. Snefrú havia dit que pagaria qualsevol preu per una idea. Qualsevol preu! El problema era difícil, però, com deia Sebekhotep, tot en aquesta vida té solució. Tot, excepte la mort. Va estudiar amb molta cura la llei i es va esprémer el cervell, fins que el cap li feia mal.

Finalment, una nit, Sedum va restar força estona despert. La conclusió era clara: no era a Heteferes, que havien de convèncer, sinó al faraó. Coneixia prou bé la reina, de tot el temps que va ser preceptor dels seus fills, i podia seguir, fil per randa, tots i cadascun dels seus raonaments. Snefrú l'havia nomenada la seva sacerdotessa i reina de la piràmide, però, de la mateixa manera que el faraó podia disposar de més d'una esposa oficial, també podia nomenar una segona reina de la piràmide i una segona sacerdotessa. Qui li ho impedia? I, llavors, què hauria aconseguit Heteferes? Res, absolutament res. Per això la reina demanava una piràmide, perquè, comptant la que es fa esfondrar i la que va acabar, iniciada per Huni, ja en serien quatre, les construïdes. I ni tota la riquesa del faraó podia suportar un dispendi com aquell, per la qual cosa no podria construir una cinquena i Heteferes hauria aconseguit el seu propòsit. Res ni ningú li podria discutir que els seus descendents serien els successors al tron d'Egipte. Era intel·ligent, la reina. Molt més d'allò que tots els homes del regne podien arribar a imaginar.

Necessitava una idea, una sola idea, i ell també hauria aconseguit el seu objectiu i només hi havia un home capaç d'atorgar-li la resposta. Visitaria Sebekhotep i li demanaria consell. El mestre, amb la seva experiència i saviesa, el podia ajudar.

La força d'una dona... Va somriure, enmig de la foscor de la nit. Tuit dormia al seu costat. Es va arronsar lentament i va cercar l'entrecuix. Ella es despertà i es tombà cap a ell, entre somnis, i van fer l'amor. En el precís instant d'ejacular, quan totes les forces esclataven dintre seu, va xiuxiuejar: juro per tots els déus que serem lliures! Tuit no el va entendre, però va somriure, el va abraçar amb força i s'adormí de nou, mentre ell es retirava i seguia amb els ulls clavats a la foscor.

*** ***

El mestre el va rebre amb una forta abraçada i Sedum li va explicar tot l'enrenou, sense ometre cap detall, cap pensament, mentre Sebekhotep preparava potingues en el racó de l'estança.

—Ja t'ho vaig dir. Les estrelles assenyalen el camí. Cert. Però, si no aprenem a escriure, podem trobar que tenen mala memòria —comentà Sebekhotep amb un somriure—. Recorda: principi masculí i principi femení. Tots som barreja d'ambdós. I el savi aprèn a moure's a diferents nivells i oblida que és un home, per esdevenir pensament pur. Raona com ella i com el faraó, compara tarannàs i trobaràs la resposta —Sedum es va asseure al costat de Sebekhotep i contemplà com les mans del mestre remenaven el contingut del vas de terrissa—. Els ingredients s'han de saber barrejar per obtenir la potinga que curarà el mal.

Sedum va assentir lentament. Tantes intrigues, tants canvis, tantes maniobres, eren massa per a ell. «Ves amb compte», li havia aconsellat Sebekhotep, quan abandonà Jemenu. Amb qui havia d'anar amb compte? Ramosi per un costat, els consellers per l'altre, Snefrú

143

enmig, Seshat empenyent-lo i Heteferes darrere de tot amb una petició gairebé increïble.

Durant tota la tarda van parlar i parlar. Arribada la nit, Sedum ja tenia la resposta i, l'endemà, ben de matinada, va prendre un vaixell i se'n tornà, a Men-Nefer.

*** ***

Snefrú va rebre Sedum la mateixa tarda que li va demanar audiència. Què era allò tan important que li havia de comunicar? I per què demanava que hi fos present el summe sacerdot de Ra?

«Mai, sota cap concepte, has de dir que has parlat amb mi», li havia fet prometre Sebekhotep, «la idea l'has trobada tu». Sí, era cert. Però, només a mitges, perquè el vell mestre sabia molt bé allò que Sedum havia de fer, i el tresorer va parlar i parlar tot sol fins trobar la resposta, mentre Sebekhotep li posava alguna pregunta, de tant en tant.

Dins la sala d'audiències, a prop de la balconada que mirava al jardí i tenint com a fons les terres roges del desert, el tresorer va copsar que l'humor d'Snefrú no havia canviat, gens ni poc. Volia bones notícies. N'estava fart, que tothom el traís, no parava de repetir. Començava a ser gran i es comportava com un vell egoista i rancuniós. Enrere quedaven els primers temps, durant els quals volia ser un bon governant. Ara només desitjava ser un gran faraó. El més gran. Però, sobretot, desitjava el cos de Seshat, delejava per gaudir d'una joventut que se li escapolia de les mans i per viure el somni d'un amor d'adolescent.

—Oh, gran faraó, Senyor de totes les terres del Nil, llum d'Egipte, fill de Ra —es va postrar Sedum als seus peus—. Crec que he trobat una solució per al teu problema.

Snefrú es tombà i se'l mirà. El seu cap seguia pendent d'una sola cosa: el cos de Seshat. Si Sedum deia mentida, malgrat que fos un bon tresorer i honrat, li tallaria la llengua.

—Parla, parla —el va comminar Snefrú i li va ordenar aixecar-se del terra.

—La reina vol una tomba i vol que sigui tan gran com la teva —va començar Sedum, i, aixecant la veu, va fer—: I ho serà.

Snefrú encara va trigar a reaccionar. No s'ho podia creure. Ramosi, per contra, restava en silenci.

—Que t'has begut l'enteniment? —es va alçar Snefrú del tron, sent l'eco del pensament del summe sacerdot, i va baixar fins a Sedum, amenaçador, però el tresorer va aixecar els ulls i amb un simple somriure el va aturar—. Que pretens enganyar-me? —va fer, el faraó, encuriosit. Aquella rialla i aquella mirada, plenes de misteri...

—No, rei de tot l'Egipte, llum del sol, fill de Ra...

—Doncs, explica't.

—La primera tomba que es construirà serà per a la reina i tindrà la mateixa alçada que la teva... —va deixar lliscar les paraules, lentament—: només que no serà una piràmide, perquè només els faraons poden ser enterrats en la tomba pensada per al fill de Ra.

Snefrú se'l va quedar mirant i després va mirar Ramosi. O el tresorer era un geni o s'havia begut l'enteniment i el seu cap acabaria rodant per terra.

—I com ho aconseguiràs, això? —va fer el summe sacerdot, avançant-se a la pregunta d'Snefrú.

Sedum va estendre un altre papir damunt la taula i li va mostrar un nou dibuix.

—La piràmide que es va esfondrar ens ha d'aportar la solució. Els arquitectes saben, malgrat que no ho confessen, que una de les causes de l'esfondrament va ser el pes i que els càlculs s'han de refer, de tal manera que, en arribar a la meitat de la construcció, la inclinació ha de canviar i fer-se un xic més plana. D'aquesta manera, en acabar-la no tindrà ben bé la forma d'una piràmide.

—És una idea francament brillant —intervingué Ramosi—. Si tu, gran Snefrú, li ofereixes la primera tomba a la reina, com un present, ella quedarà satisfeta i haurà obtingut allò que cerca —i veient que el faraó no l'acabava d'entendre, va dir—: Potser, el gran Ra t'ha enviat un senyal. No oblidis que la reina Heteferes, flor predilecta del jardí del faraó, és la mare del successor del fill de Ra. Per tant, és lògic que tingui la seva pròpia tomba. Tanmateix, el lluminós Ra, preveient els desigs de la reina i la seva ambició, va esfondrar la primera piràmide.

—Però, llavors, la meva haurà de ser igual.

—Un cop contenta la reina, tu tindràs les mans lliures per bastir la teva i, amb l'experiència acumulada, els arquitectes descobriran els errors i podran construir-la amb una inclinació diferent i els costats rectes —explicà Sedum.

Snefrú es tombà, pensarós. Havia de pair totes i cadascuna de les paraules del tresorer.

—Sí. És un missatge de Ra —xiuxiuejà el faraó. La idea era bona, però...—. I si, llavors, la reina es queixa? —demanà.

—La reina es queixarà quan vegi que el pendent canvia. Llavors és quan se li ha d'explicar que Ra, en la seva infinita saviesa, té en compte que Heteferes, flor predilecta dels jardins del faraó, representa el símbol de la maternitat. Com pots veure, en canviar la inclinació és com si superposessis dues piràmides, que representen els seus dos fills: Kannefer i Kheops —va coronar Sedum les seves explicacions, mentre Snefrú escoltava en silenci i amb molt d'interès—. Creus que ella, que s'estima els vostres fills amb un amor infinit, pot sentir-se menyspreada? —el faraó encara no estava convençut i el tresorer prosseguí—: A més, un dels seus fills serà faraó. L'altre no, però. Per tant, la seva tomba disposarà de dues galeries i dues cambres mortuòries. La superior per a ella i la inferior per al fill que no arribi a faraó.

Per primer cop un somriure allargava els llavis del faraó. Tanmateix, el va esborrar.

—Tal com parles, la piràmide de la reina és millor que no pas la meva —va fer.

—No pots comparar dues coses diferents —somrigué Ramosi— La del gran Snefrú, senyor de totes les terres del Nil, llum d'Egipte i fill de Ra, serà perfecta, el reflex del poder i el camí més recte per arribar al cel —Snefrú va fer un gest d'aprovació i el summe sacerdot va continuar—: La de la reina, com pots veure, no és una piràmide, mentre que la teva sí. El teu ka immortal viatjarà directament al costat de Ra per tal de fondre's amb la llum divina.

—Exteriorment, la meva és millor, però interiorment... —negà Snefrú.

—Si bé la tomba de la reina Heteferes, flor predilecta dels jardins del faraó, gaudirà de dues galeries, la piràmide del gran Snefrú, senyor de totes les terres del Nil, llum d'Egipte i fill de Ra, albergarà diversos espais annexos per contenir i guardar tots els teus tresors. A més, si es dissenya amb tres cambres situades a diferents nivells es reduirà el pes —afegí Sedum, però veient que el faraó encara s'ho rumiava, va improvisar—: Això explicarà el canvi de forma exterior i... també es pot pensar en un tramat de passadissos en forma de laberint que... que... impedeixin que algú gosi profanar-la, perquè... es perdria i moriria de fam.

—El meu pare cerca missatgers ben estranys, però, finalment, em comunica el seu desig —féu el faraó, passejant-se per l'estança. Ara, el seu somriure sí que era ampli i obert—. Parleu amb Shemaí i que faci dos dibuixos. El primer l'ensenyarà a la reina i el segon se'l guardarà.

—Gran Snefrú —s'agenollà Sedum i el faraó el va mirar—. Vas dir que pagaries un bon preu per una solució. Creus que aquesta et satisfà?

—Demana el que vulguis.

—Que tots els meus deutes em siguin perdonats —va fer Sedum, sense aixecar la mirada.

—Quins són els teus deutes? —demanà Snefrú.

—Només en tinc un —aixecà els ulls i els dirigí cap al summe sacerdot, somrient—. Amb el digníssim Ramosi.

—És gran, el deute? —preguntà Snefrú.

El summe sacerdot va mirar Sedum, amb ràbia continguda.

—De certa importància —respongué.

—Doncs, digues-me quant és i jo t'ho pagaré.

—Com podria gosar importunar el gran Snefrú amb un assumpte que per a un faraó no passa de ser una futilesa?

—Tens raó —somrigué Snefrú, es tombà cap a Sedum i sentencià—: El teu deute queda perdonat.

Sedum va començar a recollir els papirs, però Snefrú li ordenà deixar-los allà, tal com estaven. Va moure la mà, atorgant-li el seu permís per retirar-se. Li havia agradat. D'això no en tenia cap dubte i, ara, volia restar sol i acariciar la idea.

Ramosi i Sedum s'aixecaren, s'inclinaren i marxaren. Quan ja eren fora, el summe sacerdot va fer:

—Podies haver demanat terres i riqueses. M'ha sorprès que t'hagis conformat amb tan poca cosa.

—Per a què serveixen les riqueses, si no ets lliure? —respongué Sedum.

—És cert, però continues tenint un deute —replicà Ramosi. Sedum el va esguardar, interrogant—. De gratitud... amb Sebekhotep— digué el summe sacerdot, somrigué i afegí—: No oblidis mai que Egipte no és prou gran per amagar-me ni un sol secret.

—Si algun dia hagués d'amagar-te un secret, no triaria altre lloc que el meu cor.

Ramosi se'l mirà.

—Continues tenint resposta per a tot.

Aquell dia Sedum va descobrir que al faraó se li ha d'oferir allò que ell vol i de la forma que ho vol. Aquest era el gran secret de Ramosi, el secret del seu poder. Si Snefrú demanava l'impossible, el summe sacerdot no discutia. Simplement, cercava la solució. Així i tot, Sedum no es va sentir content. Hi havia un detall inquietant. Com havia sabut Ramosi que ell havia parlat amb el seu mestre? Instintivament va girar els ulls cap a Sauiju. Era l'únic que estava al corrent del seu viatge. Tímid, intel·ligent i callat, potser era un home prudent, dels que li agradaven a Ramosi...? La veritat és que mai no s'havia preocupat de saber com va arribar a palau, ni qui el va portar, ni qui el va presentar al faraó, però no calia ser cap llumener per descobrir la mà que va traginar tota la negociació. Hauria d'anar amb molt de compte, perquè les parets tenen orelles i a més a més, ara, també ulls.

A partir d'aquell instant Sedum va extremar al màxim les precaucions i cada dia dedicava una estona a repassar els comptes que duia el seu ajudant.

8.- EL SUCCESSOR

Els déus, en aquesta ocasió, tampoc no van ser benignes. Ben al contrari, van aplicar una llei cruel i el tercer infant també va néixer mort. Sedum, aquella nit, no va dormir. A fosques, assegut a la porta de casa seva, contemplava el cel en silenci. Ja no li quedaven llàgrimes, el seu cor s'havia esmicolat del tot i dintre seu només hi havia buidor. Sentia el pes de la desfeta en una guerra irremissiblement perduda. Les darreres paraules del metge havien signat la sentència. El cos de Tuit ja començava a estar massa castigat i, possiblement, aquella havia estat la darrera oportunitat. I el seu pensament va retornar a la imatge de Nàtia, la seva mare, estirada al llit mortuori i demanant-li que els seus fills, i els fills dels seus fills, fossin lliures per tal que ella atrapés la seva pròpia llibertat. Sedum ja era lliure, enterament lliure, però ningú podia continuar la seva llibertat.

—Mare, no he pogut complir el meu jurament. Perdona'm —xiuxiuejà, entre sanglots.

Tuit llegia als seus ulls i coneixia el seu interior, la batalla que durant aquells anys havia lliurat amb la vida, l'immens desig d'obtenir una descendència que ella semblava incapaç d'atorgar-li. Es va llevar lentament, amb esforç, i es va atansar fins a la porta per ser al seu costat.

Se l'estimava com mai no havia estimat ningú. Era bo, honest i dolç. No es mereixia el càstig dels déus, però, de vegades, els déus són cecs.

—Busca una altra esposa —li va dir, abraçant-lo i plorant.

—No —respongué ell.

—Podem seguir casats. La llei ho permet.

—No —repetí—. Et vaig triar a tu i plegats farem el viatge.

—Llavors, el teu nom s'esborrarà —va fer ella, trista i abatuda.

—Vaig néixer esclau i soc el tresorer del faraó. Els déus ja han fet massa per mi i no crec que els pugui exigir res més —es va tombar cap a ella i la va mirar—. Ho sabies, que era esclau?

—Sí. Algunes nits somiaves en veu alta i parlaves de la teva mare i d'una promesa que li vas fer.

—I no me n'has dit res. Per què? No t'importava?

—Importar-me? Tothom et respecta. Pots sortir al carrer i cridar ben alt que eres un esclau, i la gent encara et respectarà més, perquè ets l'home més gran que mai no ha existit.

Durant aquells anys ho havien compartit tot o... quasi tot. A fosques, sota el cel serè, es va demanar com podia pagar-li tots els sacrificis que ella havia fet per ell? Com podia agrair-li totes les hores viscudes al seu costat? Havia imaginat —tants cops!— com serien els ditets d'aquell infant, i els peus petits, i el nas escanyolit, i aquells ulls tancats, i les carns rosades i meloses, com respiraria, com sospiraria, com s'agafaria al pit i com xuclaria, si una ganyota ja era un somriure, si una carícia representava la consciència de la presència dels pares i si era veritat que pogués existir tanta felicitat... I tot s'havia perdut. El seu somni mai no seria realitat.

151

La va abraçar amb tendresa i ella, esgotada, es va adormir.

*** ***

Durant els anys següents Sedum va estar massa embolicat, massa atrafegat, massa pendent de les intrigues de palau. La construcció de la piràmide de Dashur el va obligar a prendre dos ajudants més: Ecat i Meten. Només que a aquests els va escollir ell, personalment, i va obtenir l'aprovació d'Snefrú, sense comptar amb Ramosi. Al summe sacerdot no li va agradar, però va callar.

Van ser temps difícils i complicats. El Nil no era benèvol amb les terres del faraó i els va enviar dues collites pobres. Els costos de la piràmide es van disparar. Snefrú cridava esparverat cada cop que li mostrava les xifres, perquè Heteferes prenia decisions i ordenava els arquitectes reformes i detalls que obligaven a contractar més artesans. Les arques de palau es van reduir fins gairebé la meitat i els magatzems de blat, ordi, civada i mill restaven buits.

Com era possible que la reina no se n'adonés?, cridava el faraó. Però, Heteferes era ben conscient de tot i tenia prou clar que, quan acabés, hauria allunyat per complet el perill de qualsevol rival.

Els obrers també van donar problemes. Quan eren a l'alçada a la qual s'havia esfondrat la primera construcció, no volien seguir treballant. Tenien por. El record dels morts encara hi era present. Però, quan van veure que el pendent canviava, van agafar un xic de confiança. Així i tot, encara van passar uns mesos abans no desterressin els seus temors i cada nova pedra era col·locada amb molta cura i amb molta precisió, malgrat els crits dels arquitectes i dels mestres d'obres, que volien anar més de pressa.

Va ser llavors que Heteferes descobrí el canvi i, enfurismada, va anar a trobar Snefrú i va protestar. Allò era una piràmide esgarrada, va cridar, folla de ràbia. L'havia enganyada. Snefrú va intentar explicar-li la imatge de la maternitat, però ella no el va deixar badar boca. Llavors, el faraó ordenà venir Ramosi, però el summe sacerdot tampoc era capaç d'aconseguir que Heteferes deixés de bramar i, veient la crispació de la reina, no gosà dir res i es va estimar més cercar Sedum i demanar-li que calmés Heteferes. D'ell havia estat la idea, d'ell havien sortit els arguments i d'ell era el problema.

Sedum la va esperar als jardins i, quan la va veure, va fer:

—Oh, reina de tot l'Egipte, flor predilecta dels jardins del faraó, Ra, en la seva infinita bondat, t'ha beneït per damunt de totes les dones. Quan he vist els nous plànols m'he adonat de la grandesa del teu destí. Seràs recordada per tota l'eternitat com la major de les reines de totes les terres del Nil, com l'esposa més estimada del faraó i la mare més abnegada.

—Amb una piràmide esgarrada? —preguntà Heteferes, gairebé cridant, amb la mirada plena d'odi.

—Amb el símbol de la maternitat —respongué ell i la reina el va mirar. Ella sentia respecte pel tresorer, per qui havia estat el preceptor dels seus fills.

A partir d'aquí, Sedum va repetir tots els arguments sobre el que representaven dues piràmides superposades, va aconseguir apaivagar la tempesta i la reina va sortir d'allà ben convençuda que la seva obra seria única. La imatge de la maternitat la va complaure de valent, Sedum va obtenir el seu objectiu, Ramosi va complir l'encàrrec del faraó i Snefrú es va sentir plenament satisfet.

Aquella nit un missatger de palau va dur una bossa amb cent shats de plata a casa del tresorer. Heteferes havia acceptat la innovació i havia transigit fins al punt

153

que Snefrú va poder ordenar construir un petit palau per a la nova esposa, lluny de l'harem.

Seshat seguia sent jove i sensual. En aquells anys havia guanyat en molts aspectes. Era més dona, més experta i més cobdiciosa. Sabia com tractar el faraó, que ja començava a ser un vell i havia entrat en aquella edat perillosa que torna els homes vulnerables, en la qual el desig de continuar eternament jove els obliga a cercar la frescor en el cos que jeu al costat. L'edat idiota, que deia Sebekhotep. Un somriure i una carícia els adormen com nadons; uns pits ferms i voluptuosos els transporten a esferes celestials, on la imaginació hi juga més que l'energia del cos; unes cuixes llargues i de pell llisa els fan oblidar que els cabells blancs ja han començat a adornar el pubis; i unes mans expertes i destres, més que no pas les més sublims humitats, aconsegueixen el miracle de bellugar la sang cap al lloc més adient.

La jove esposa visitava amb freqüència una bruixa que tenia fama de conèixer totes les herbes i els afrodisíacs, que parlava amb els esperits i feia encanteris. De tot això, Snefrú no en sabia res. Només tenia ulls per a ella. Com tampoc sabia res d'allò que passava a palau.

Kannefer dormia a l'ala oest. Ja era tot un home i havia acabat la seva instrucció al temple. Era al capvespre i el sol s'amagava darrera l'horitzó. Sedum havia anat a discutir els nous costos amb Snefrú, perquè Ramosi, tot i ser el visir, procurava restar allunyat de les tasques més mundanes i s'estimava més que el tresorer parlés directament amb el faraó, que, com sempre, acabava cridant. Sedum escoltava en silenci i procurava calmar la ira del seu senyor i, quan ho havia assolit, sortia per dirigir-se cap a casa seva. Aquest cerimonial ja havia esdevingut un costum.

Aquell vespre el tresorer va sentir unes veus enmig del jardí. Parlaven fluix. Es va atansar sense fer soroll i va descobrir Seshat en braços de Kannefer, en una actitud que no admetia cap dubte. Ella estava tombada d'esquenes i ell la prenia pels pits nus, mentre es refregava contra el seu cos i deixava que les mans de Seshat acaronessin amb deler les seves parts més íntimes, excitant-lo.

Sedum es va espantar. Si s'adonaven de la seva presència, era home mort. De manera que s'hi va quedar i va sentir com es declaraven el seu amor, i va veure com ella es girava cap a ell, com s'aixecava els vestits, s'allitava a l'herba i obria les cames per rebre'l. Kannefer la va posseir esbufegant, agafant amb les mans les dues masses de carn que es mantenien fermes, amb els mugrons endurits.

Esgarrifat, sense saber què fer, el tresorer no va perdre detall i va aguantar la respiració per tal d'evitar la més mínima remor, fins que Kannefer es va deixar caure a un costat, suat, i ella s'abaixà el vestit, somrigué i el va besar.

Encara s'hi van estar una estona, allà, ajaguts, contemplant el cel i les estrelles. Mormolaven paraules d'amor. Finalment, es van acomiadar amb tendres amanyacs. Quan van marxar, Sedum va fugir cames ajudeu-me i no va parar fins arribar a casa i tancar-se. D'aquest fet, no en va dir res a ningú. Ni a Tuit, a qui sempre li confiava gairebé tots els secrets. Tanmateix, després de reflexionar-hi llargament, va arribar a la conclusió que Ramosi ho hauria de saber i s'ho va manegar per tornar a enxampar-los. Només que aquest cop, anava acompanyat de Sauiju, que també es va espantar.

—No n'has de dir res, de tot això —va fer Sedum al seu ajudant—. Ho has entès? D'allò que passa a palau, ningú no n'ha de fer res.

L'ajudant va fer que sí amb el cap i van marxar. Així i tot, no va trigar gaire a visitar el temple de Ra, i Sedum es va sentir satisfet. Els seus càlculs havien estat correctes.

—Que li ha promès què? —va fer Ramosi, en sentir el relat de Sauiju. I es va aixecar d'una embranzida.

—Ho he sentit amb aquestes mateixes orelles. Quan sigui faraó es casarà amb ella —repetí Sauiju.

El summe sacerdot es quedà pensarós. Sauiju retornà a palau i va seguir treballant. Mentre, Ramosi calculava l'abast del problema. Seshat, tal com deia Heteferes, era una serp verinosa, ambiciosa i freda, capaç de maquinar qualsevol pla que la dugués a la més alta cadira del regne. Amb aquell detall no hi havia comptat. Tot els seus pensaments, sobre el futur d'Egipte, no havien tingut present la mentalitat de les dones. I ell poc en sabia, d'aquestes coses. S'havia mantingut allunyat del sexe femení, però no pas per devoció a Ra, sinó per causa de la seva inseguretat, perquè, en el fons, tenia por. No ho havia confessat a ningú. Ni a ell mateix. Era un ésser intel·ligent, sens dubte, que va dependre d'una mare dominant que l'havia marcat per a tota la seva vida. El dia que va morir es va jurar que mai més, cap altra dona, el dominaria i, ara, una dona, podia esgarrar tots els seus plans. Alguna cosa havia de fer.

*** ***

La notícia va arribar dels guàrdies de la frontera amb Líbia. Els libis havien trencat les línies de defensa i havien entrat en territori egipci, construint-hi un assentament. Quan Snefrú se n'assabentà, ordenà preparar l'exèrcit, però ell ja era massa gran i no tenia prou energia per posar-s'hi al front i dirigir l'atac, de manera que va pensar en Kannefer. Tanmateix, Ramosi s'hi va oposar. Ningú no ho va entendre, excepte Sedum i, naturalment, Sauiju, però ambdós van callar.

—El teu fill primogènit ha de restar a Men-Nefer. Ell és el teu hereu i no el pots exposar a un combat —va dir

Ramosi a Snefrú—. Envia el jove Kheops. És valent i necessita demostrar la seva vàlua, perquè quan Kannefer sigui faraó, ell serà un gran general.

Snefrú accedí i Kheops, esdevingut un jove soldat, va ser nomenat oficial de l'exèrcit i va conduir els seus homes a una campanya contra el libis, que va guanyar després d'una dura batalla. Quan va retornar, el poble sencer cantava les seves proeses i Snefrú l'esperava per atorgar-li el collar dels escarabats, màxima distinció d'un soldat al combat.

En el mateix moment que el faraó penjava el collar al coll del seu fill, Ramosi somrigué. Si no podia apartar Seshat de Kannefer, apartaria Kannefer del tron. No hi havia cap altra solució. A més, aquell jove victoriós — n'estava convençut el summe sacerdot— havia entès que cada déu governa una part de l'ésser humà, cada temple ofereix el seu culte a un dels déus i cada ciutat ha triat ser la seu d'un d'ells. Per-Wadjet és l'ull d'Horus, Busiris la casa d'Osiris, Bubastris pertany a Bastet, Jemenu ha triat Thot, Nebej a Nejebet, Aswan a Jnum... I, per damunt de tots ells, Ra, amb Ramosi com a garantia de la continuïtat del sistema.

*** ***

La construcció de la piràmide d'Heteferes era a les acaballes. Seshat va donar a llum Henutsen, una preciosa nena. La segona. Snefrú esperava un baró, però, malgrat el seu desencís, va celebrar l'esdeveniment amb fastuositat, mentre la reina de la piràmide mirava la seva rival amb satisfacció. Només era capaç de parir filles. Aliena per enter dels plans de Seshat, vivia convençuda que els déus l'afavorien i allunyaven tot perill dels seus fills. Snefrú ja era gran i, tard o d'hora, hauria de prendre una decisió. Per tant, el temps anava a favor d'ella.

El dia que la piràmide va estar acabada, Ramosi la beneí amb una cerimònia a la que hi van assistir Snefrú, Heteferes, Kannefer i Kheops. La segona esposa no hi va ser present. Se sentia indisposada. En acabar l'acte religiós, el faraó va fer el comentari que havia arribat el moment de bastir la seva i escollir un successor.

A partir d'aquí tothom feia càlculs. Kheops era el brillant oficial, però Kannefer era el primogènit i tampoc era cap babau. La balança estava equilibrada perquè Ramosi apostava pel petit dels fills del faraó i procurava enlairar-lo cada cop més.

Pocs dies després el faraó es va sentir malalt. Alguna cosa del menjar no li havia caigut bé. Els metges el van tractar, però el seu estat empitjorava cada dia i ningú no era capaç de diagnosticar el mal que l'atacava. De mica en mica, el seu rostre va adquirir el color de la cendra i cap de les medicines podia fer res per evitar un desenllaç que començava a enlairar-se pels carrers de Men-Nefer, sent el tema de conversa dels mercats, mentre Seshat s'estava tot el temps al seu costat i tastava ella mateixa els aliments abans que els mengés el faraó i Heteferes el visitava cada dia i se la veia molt amoïnada. Encara que vivien separats i que Seshat ocupava el seu lloc al llit del faraó, tots els anys viscuts plegats eren un record massa fort i dos fills representaven un lligam difícil de desfer. Kannefer i Kheops també estaven preocupats i preguntaven a totes hores per l'estat del seu pare, i Ramosi ordenava els seus sacerdots oferir nous sacrificis als déus, enlairava les seves oracions, visitava el palau i mirava d'influir en la decisió d'Snefrú, respecte al seu successor, però el faraó es mantenia inflexible. Kannefer seria qui accedís al tron.

Sedum, per la seva banda, reflexionava. De fet, aquella malaltia era ben estranya. Semblava com si el cos d'Snefrú hagués pres la decisió d'oposar-se a tot intent de guarir-lo. O, tal vegada, era que algú escrivia a les estrelles i intentava modificar el curs de la història? Llavors, si els seus raonaments eren certs i algú escrivia a les estrelles, les potingues, les sals i les oracions dels metges poc hi podien fer. Després de molt reflexionar·hi, va decidir que ell també havia d'escriure a les estrelles i se'n va anar a parlar amb Ramosi, que el va rebre immediatament. El summe sacerdot també preveia el desastre i resava als déus implorant la seva gràcia, la salvació d'Snefrú o una brillant solució. En cas contrari, tot el seu treball esdevindria infecund, perquè encara li hauria mancat un xic més de temps per convèncer Snefrú que Kheops era el més indicat.

—Diuen que tot efecte té la seva causa —va fer el tresorer—. I si talles la causa, s'acaben els efectes. Res no passa sense que no hi hagi una raó al darrere.

—Què vols dir?

—Que les oracions dels metges i dels sacerdots no tornaran la salut al faraó.

—Això es podria prendre per una blasfèmia —féu Ramosi, i afegí—: Saps alguna cosa que jo no sàpiga?

—Potser sí, que és una blasfèmia, però, si jo tinc raó, el faraó morirà i Kannefer el succeirà.

—Quin interès tens, perquè no sigui Kannefer, el successor?

—El mateix que tu. No vull que Egipte sigui governat per una dona.

El summe sacerdot va mirar el tresorer. Ja portaven massa temps plegats i la situació era prou compromesa com per entrar en el joc de les endevinalles. No calia ni pronunciar noms. De manera que va preguntar:

—Què faries, tu?

—Conec un home savi que ens pot ajudar. El seu nom és Sebekhotep —va respondre el tresorer.

—El conec —va afirmar Ramosi amb el cap—. I és llest, molt llest. No hi havia caigut en ell, i tens raó. Ens pot ajudar.

Cinc dies després un vaixell va dur Sebekhotep fins a Men-Nefer. Snefrú gairebé perdia la consciència i romania més temps dormit que despert. El mestre va visitar el faraó i després va parlar amb Ramosi.

—No ho veig clar —va dir—. Si m'haig de fer càrrec d'ell, el vull tenir aïllat.

—No és possible.

—Llavors, me'n torno a Jemenu.

—Parlaré amb la reina Heteferes.

Sort que Heteferes, com la primera de totes les esposes, sacerdotessa del faraó i reina de la piràmide, va escoltar les paraules de Ramosi, que arribava acompanyat de Sedum, i va ordenar que seguissin al peu de la lletra les instruccions del savi. Seshat va voler acompanyar el seu senyor, però Sebekhotep li va prohibir l'entrada.

—Si el meu marit mor, tu moriràs —va amenaçar Seshat.

—Tard o d'hora morirà —somrigué Ramosi, que també hi era present—. Amb el teu permís o sense ell. Pensa, noble reina que ni tot el poder d'Egipte no pot avançar un instant el desig dels déus ni corregir allò que ja està escrit —somrigué i Seshat marxà indignada. Llavors, el summe sacerdot es tombà cap a Sebekhotep—. Ja has escoltat la reina.

—També t'he sentit a tu —somrigué el mestre—. I no oblidis que allò que està escrit, està escrit.

Sebekhotep va ordenar traslladar el faraó a les dependències d'Heteferes, a unes estances privades on ningú no hi podia entrar. Allà va ordenar que els guàrdies envoltessin el pavelló i impedissin l'entrada de qualsevol que ell no autoritzés. Amb ell havia dut tots els seus estris, amb les herbes i els pots que va disposar en una habitació al costat d'Snefrú, i durant els dies següents va fer coses ben estranyes que deixaven esmaperduts els metges, que no entenien com un sacerdot menyspreava les oracions i els sacrificis als déus i esmerçava el seu temps en recollir els excrements i els pixats del faraó, es tancava a la cambra, sense que ningú sabés què hi feia, i allà s'hi estava hores i hores, durant les que ningú no podia entrar a l'habitació on dormia Snefrú. Després li ordenava prendre líquids de colors. També cuinava personalment els aliments i no permetia que ningú més se li atansés. Quant al règim, va ser molt estricte. Només verdures i les seves herbes.

Finalment, dues setmanes després, Snefrú va començar a millorar. El color li va tornar a les galtes i ja es podia llevar i fer curts passeigs per la terrassa que donava als jardins. De mica en mica, va recuperar les forces i Ramosi i Sedum van respirar alleugerits. En tot aquell temps, la reina Heteferes no s'havia mogut de palau i qualsevol ordre de Sebekhotep era executada a l'instant.

Quan el faraó ja s'havia recuperat completament, Ramosi i Sedum van visitar el mestre i li van demanar què havia passat.

—Han intentat emmetzinar el faraó —respongué Sebekhotep.

—N'estàs segur? —preguntà Ramosi.

—Prou segur. El que no sé és com. Tal vegada amb el menjar...?

—Impossible. Des que es va posar malalt, la reina Seshat, personalment, tastava tots els seus plats.

—Qui ho pot haver fet? —va demanar Sedum, que no dubtava de la veritat de les paraules del mestre.

—Algú que coneix molt bé la natura, per ordre d'algú que hi té molt a guanyar. Recorda: causa i efecte.

—Ho sap, el gran Snefrú?

—No. Ell pensa que ha estat una malaltia.

—Doncs, no ho ha de saber. Ni ell ni ningú —ordenà el visir i summe sacerdot—. D'aquesta manera tindrem les mans més lliures per esbrinar qui pot haver estat.

Sedum marxà i Sebekhotep va retenir Ramosi i li va dir:

—Si has de prendre decisions, que sigui aviat. El faraó ja no durarà gaire temps.

—Però, no dius que està curat?

—Del verí, sí. Però hi ha malalties contra les que no puc fer res, i el mal ha atrapat el cor d'Snefrú i avança de pressa.

—Quant de temps li queda?

—Potser veurà la propera collita, però no gaire més. El seu cervell s'està desfent.

Heteferes va lloar Jnum, Toth, Isis, Osiris i Horus, per la seva infinita bondat, perquè havien acceptat els seus sacrificis i havien escoltat les seves pregàries, deslliurant el seu marit d'una mort segura. La reina no era massa devota de Ra, encara que, en aquesta ocasió, sabia que Ramosi havia pres una decisió encertada, cridant Sebekhotep.

Snefrú va agrair Sebekhotep que li salvés la vida i li va demanar que es quedés. El volia a prop, per si algun dia l'havia de menester, el va nomenar metge personal i li va oferir una casa gran i rica. El mestre va acceptar i, a més, va demanar uns terrenys, a l'altra riba del Nil, per poder bastir un temple en honor de Toth, que el mateix faraó es va oferir a pagar. Tantes peticions no van complaure gaire Ramosi. Li recordava vells temps, quan ell va decidir establir-se a Men-Nefer. Va callar, però.

Tot semblava haver retornat a la normalitat. No obstant això, Sedum seguia investigant. Algú que hi té molt a guanyar, es repetia un i altre cop, el tresorer, mentre el summe sacerdot, per la seva banda, ordenà que interroguessin tots els servents de palau i els rumors sobre un possible atemptat contra el faraó s'estengueren i arribaren als racons més allunyats del regne.

Misteriosament, una nit, un dels esclaus de Kannefer va aparèixer mort, penjat del mur que donava al Nil. El més curiós de tot és que aquell pobre desgraciat, fins feia poc, era qui servia el menjar al faraó i deien que Kannefer li tenia certa devoció. Per això, quan Snefrú tornà a palau, li havia demanat d'endur-se'l amb ell i el seu pare li ho havia regalat. No es van poder esbrinar les raons de la seva mort, però els rumors corrien cada cop més de pressa per tot el palau i pels carrers de Men-Nefer i apuntaven cap al fet que va ser ell, l'esclau, qui va anar posant-hi verí, a petites dosis, dins del menjar d'Snefrú. D'aquesta manera, qui tastava els aliments rebia tan poca quantitat que el seu cos ni se n'assabentava. De mica en mica tots els ulls es van girar cap al primogènit del faraó, malgrat que ningú no gosava acusar-lo. Finalment, els rumors van arribar a oïdes del mateix faraó, que immediatament va cridar Ramosi.

—És cert allò que diuen pels carrers, que el meu fill Kannefer ha intentat matar-me?

—Oh, gran faraó, senyor de totes les terres del Nil, llum d'Egipte, fill de Ra, ningú no ha pogut demostrar que aquell servent fos la mà assassina i ningú no pot demostrar que el teu fill primogènit, el noble Kannefer, que t'estima amb devoció, hagi estat la boca que ordenà l'acció.

—Però, ho podia haver fet?

—Mai no gosaria imaginar...

—Ho podia haver fet? —cridà Snefrú.

I Ramosi va abaixar el cap i guardà silenci.

En poc temps, Kannefer, sentint el buit i la fredor del palau reial i veient com Kheops s'enlairava cada cop més, es va anar tancant i tancant en ell mateix, fins que esdevingué un ésser solitari. Ningú ja no comptava amb ell, a les festes se'l relegava a un racó, els nobles li fugien i les dones feien comentaris al seu pas. L'únic que se li va apropar va ser el seu germà Kheops, que li va oferir la seva comprensió. Eren amics i el segon fill d'Snefrú no podia creure que el responsable fos el seu germà. Tanmateix, Kannefer no el va acceptar, sinó que s'enfurismà i el va fer fora de les seves estances. No havia fet res i no tenia perquè penedir-se de res, no parava de repetir. Finalment, se'n va anar a viure a Bubastris, lluny de la cort, lluny de tot, i allà es dedicà a l'estudi i la meditació.

Snefrú va nomenar Kheops com el seu successor i Ramosi somrigué. El lluminós Ra seguia beneint-lo, mentre tota aquella història queia a l'oblit.

*** ***

Sedum, com sempre, anava atrafegat fent càlculs i planificant les següents passes, els pagaments, fent tractes amb els proveïdors, discutint amb tothom. La nova piràmide s'aixecava a bon ritme, però les arques del faraó s'estaven buidant massa ràpid i no tindria prou per pagar els obrers, que ja començaven a queixar-se pels retards, mentre el poble murmurava que els impostos eren cada cop més alts. Però, quan ho parlava amb el faraó, aquest acabava, invariablement, cridant com un foll i amenaçant-lo.

—Tu també m'enganyes? —feia Snefrú.

—No, gran faraó, llum d'Egipte, fill de Ra, senyor de totes les terres del Nil —responia Sedum, agenollat i amb el cap baix. El faraó havia canviat i ja no era l'home amable i just dels primers temps. A més, el seu cap s'enterbolia cada dia més, per la qual cosa Sedum havia d'explicar-li-ho tot una i altra vegada—. L'esquist verd és

164

molt car; els artesans treballen de valent, però la seva feina és inacabable; l'alabastre és difícil de polir, porta temps, i el temps és blat i ordi que hem de pagar als obrers...

—Prou! Tu ets el meu comptable. Soluciona-ho —el tallava i sortia renegant.

Un dia Sedum va trobar Ramosi als jardins, al costat del llac. El summe sacerdot el va aturar.

—Sembles preocupat —li va dir.

—Preocupat? —féu el tresorer—. Esgarrifat! No sé d'on treure més recursos. Les arques i els graners són buits i el gran Snefrú, a qui Ra guardi molts anys, demana més i més. Ja no puc pagar els obrers i ell no fa altra cosa que modificar el projecte i afegir noves pintures, noves escultures, nous materials més rics que els anteriors. Vol a tot preu que sigui magnífica, i ja ho és, però mai no en té prou. Hem ultrapassat llargament el cost de la piràmide d'Heteferes, flor predilecta dels jardins del faraó, i no soc capaç de dir on pararà aquesta disbauxa.

—I, a més, ha de construir un temple per a Toth —li va recordar Ramosi.

—Doncs, com els déus no facin un miracle... em veig penjat al desert.

—Sempre hi ha una solució per a tot —va respondre el summe sacerdot, emprant les mateixes paraules que el tresorer ja havia pronunciat en diverses ocasions.

—Que Ra t'escolti, digníssim Ramosi.

Sedum va marxar capficat i el summe sacerdot va somriure, content. La història seguia el seu curs, el curs dictat per ell, i tot semblava anar segons el previst. Un cop lluny Kannefer, i amb Kheops amb un peu al tron, Ra havia estat magnànim i res no feia preveure l'existència de cap perill a l'horitzó. A més, Snefrú, tal com anaven els comptes, no trigaria gaire a demanar-li ajut per acabar la piràmide i, llavors, seria el moment de pactar el preu. Si les arques de palau eren buides, les del temple eren plenes a vessar. Punt final i merescut premi a tota una vida de paciència i dedicació.

*** ***

Kheops, després de la brillant campanya contra el libis, va ser nomenat general en cap de tot l'exèrcit i, per aquelles dies, va conèixer Merittefes, de qui es va enamorar perdudament. La noia era molt jove, una tendra flor cinc anys més jove que ell, filla d'una cosina de la reina Heteferes, a qui servia i que no veia amb mals ulls aquella relació. Ans al contrari. Merittefes era intel·ligent, amable i servicial, fins al punt que s'havia guanyat l'estima de tothom. Kheops la visitava sovint i romanien plegats fins que el sol es ponia per l'horitzó. El poble ja cantava que no trigarien gaire a anar de boda.

I en tot aquest petit oasi de pau, la segona esposa del faraó, en parir la tercera filla, va veure que tot el seu futur perillava, que l'absència d'un baró feia que Snefrú comencés a mirar-se altres dones, altres jovenetes que podien jeure al seu costat i oferir-li tant o més que ella, que ja començava a perdre la frescor dels primers anys, perquè el seu cos acusava els efectes d'una natura que ha treballat per dur noves vides a aquest món. Poc hi podien fer els massatges, els banys i els perfums. De mica en mica, contemplava amb cert neguit i molta preocupació, com els filtres d'amor lentament perdien poder en el cos del faraó, ja gran i a qui les forces l'abandonaven cada cop més sovint i, cada cop, més aviat. De manera que va decidir que Kheops, no tant sols havia de substituir-lo en el tron, sinó també en el seu llit. Però, Merittefes esdevingué un problema de més grans proporcions que no pas havia calculat, perquè ocupava per complet el cor del jove general, i de ben poca cosa li van servir les arts i les

166

manyes, les oracions i els filtres, per atreure'l fins a ella i embolcallar-lo amb els amanyacs de la seducció.

*** ***

Va ser amb la nova crescuda del Nil que va arribar una plaga de rates que prengueren la casa del tresorer fins al punt que se li menjaven les collites. El pobre Sedum no sabia com acabar amb elles. Semblava, talment, que els déus li havien enviat una maledicció i només li mancava aquesta nova preocupació. Cada nit la seva esposa no parava de queixar-se. Ho havia intentat tot sense cap resultat. Fins i tot havia visitat Sebekhotep, però aquest li va dir que ell poc en sabia, de les rates, i que era millor que cerqués l'ajut d'algú altre. Va ser llavors que Sedum, malgrat no hi creia, va prendre la decisió de visitar els màgics. Va establir-ne categories i va eliminar els entabanadors, els engalipadors i els ensibonadors. Després va analitzar tots els que li quedaven, i encara en va treure uns quants més. Finalment, només li'n restaren tres. Tal vegada ells, amb algun encanteri, serien capaços d'ajudar-lo.

La primera de totes, una dona, li va oferir unes oracions i les hi va cobrar cares, però Sedum va callar i va pagar. Dies després, les rates seguien tan vives i presents com quan les aigües van marxar. Llavors va visitar el segon, un home, que li va proporcionar unes trampes que ell mateix fabricava. En va comprar-ne cinc i va marxar. Amb elles va aconseguir matar-ne algunes rates, però es reproduïen amb una velocitat esparveradora.

Desesperat, va visitar la tercera. Era una dona vella i es deia Nezemet. Tenia fama de conèixer encanteris que ningú més no coneixia i aplicar remeis que li havien llegat els seus avantpassats.

—Ja ho he provat tot. Sacrificis als déus, oracions, trampes,... Però les rates segueixen allà —li va dir, quan Nezemet li oferí el seu remei, similar als altres—. Pagaré el que calgui per veure'm lliure d'elles.

—El que sigui? —se li il·luminà la mirada a la vella.

—Estic tan desesperat que només has de posar-hi preu.

—Tinc un remei, però és perillós i molt car —li va dir Nezemet.

Sedum va arronsar les espatlles per donar a entendre que el preu mai no seria cap impediment i va deixar damunt la taula una bossa. La dona la va sospesar, es va aixecar i se'n va anar cap a la part del darrere de la casa, on tenia un petit magatzem, on guardava les potingues i els estris per als encanteris. Quan va tornar, duia una petita bossa. Sedum va allargar la mà per rebre la mercaderia, però la dona li enretirà de pressa.

—Sis *shats* d'or —va fer.

—Sis *shats* d'or? T'has begut l'enteniment? —exclamà Sedum, esparverat—. Sis *shats* d'or per una bossa que no sé ni el que conté ni si obrarà correctament? Ja t'he dit que he esmerçat una bona colla de *shats* i no he aconseguit res.

—Aquest remei mai no li ha fallat a ningú.

—I només amb aquesta bossa en tindré prou?

—Barreja'l amb blat i deixa que en mengin, que s'atipin ben tipes. No trigaràs gaire a veure-les mortes.

—Només duc quatre *shats* de coure.

—Sis *shats* d'or —repetí la dona, i amagà la bossa al seu darrere.

—Entesos. Et donaré els quatre *shats* de coure i et faré portar la resta.

—No —va fer la dona—. Els remeis s'han de pagar abans. Sinó, encara diries que no ha funcionat i jo mai més no veuria l'or.

—D'acord. Però, si no em lliuro del mal, vindré a buscar-te i te'n penediràs.

Sedum va tornar aquella mateixa tarda i es va endur la bossa amb aquella pols blanca.

—Vigila que ningú de vosaltres no en prengui. Seria mortal —li havia dit Nezemet—. Si es barreja amb el menjar, llença'l tot. A la que vegis que et sents malament, pers la fam, el rostre se't torna cendrós i et fan mal tots els ossos, neteja tota la teva casa, crema el menjar, compra'n de nou i vine'm a veure. Val més passar gana que morir.

—Entesos.

En arribar a casa, Sedum obrí la bossa i n'examinà el contingut. No s'ho creia, que aquella pols blanca d'aparença innocent pogués obrar el miracle. Va prendre un sac de blat, el va escampar i hi va barrejar la pols blanca. Tanmateix, se'n va guardar un xic, per si l'havia de menester.

L'endemà, en llevar-se, va veure una estesa de rates mortes per tots els racons i, feliç, va omplir diversos sacs que va llançar al riu. Un cop enllestida la feina, va obrir la bossa per contemplar les restes de la pols miraculosa, va somriure i va recordar les paraules de la vella bruixa. «A la que vegis que et sents malament...»

De sobte, un pensament l'envaí, i el somriure se li escapçà. No seria, allò, l'explicació de la sobtada malaltia d'Snefrú?

*** ***

Assegut a la taula de treball, a palau, el seu cervell era ben lluny dels papirs amb els comptes. Meten, a prop seu, li parlava, però Sedum ni se l'escoltava. Deia alguna cosa del preu dels lapislàtzulis i de les turqueses amb què Snefrú volia decorar les darreres estàtues. Tanmateix, el

169

tresorer seguia donant-li voltes a un afer ben diferent. I, per a desgràcia d'ell, tot lligava.

Qui era Nezemet?, va ser la primera pregunta que es va fer, dies enrere, quan s'havia sorprès amb la contemplació de la pols blanca. I la resposta esdevingué més que sorprenent. Nezemet era la bruixa que proporcionava els encanteris i els filtres d'amor a Seshat! Ja existia una relació, però... per què? Què hi guanyava la segona esposa del faraó, amb la mort d'Snefrú? Que Kannefer accedís al tron, perquè Kheops ja l'hi disputava. I és clar!

Però, llavors, com és que apareix el servent de Kannefer penjat?, es va demanar. Allò no tenia sentit. Potser va ser el mateix Kannefer, que veient que perdia el tron, va decidir matar Snefrú? No s'ho podia creure. Tothom havia acceptat que Kannefer era el culpable, malgrat que ningú no l'havia acusat. Sebekhotep havia dit que qui va proporcionar el verí era algú que coneixia bé els secrets de la natura. Bé podia ser Nezemet. Per què no?

Dies i dies, portava reflexionant Sedum, i cercant el millor camí. I si tot no era altra cosa que el producte de la seva imaginació? No, no podia ser. Massa coincidències. Tanmateix, Kannefer no havia reconegut la seva culpa i, fins i tot, es va enfadar amb Kheops, quan li va oferir el seu ajut. Si no coneixes la raó, la causa, com pots atribuir els efectes? Ell coneixia prou bé el fill primogènit del faraó. No havia d'oblidar que havia estat el seu preceptor i res de tota aquella història lligava amb el tarannà d'un jove que gaudia d'un gran sentit de la justícia, perquè un home que cerca la bellesa, rebutja la imperfecció. De tota manera, Sedum encara tenia dubtes. Tants que calia parlar amb Sebekhotep.

El sacerdot se'l va escoltar amb molta atenció, mesurant cadascuna de les paraules del tresorer, amb els ulls tancats. Els raonaments de Sedum eren força interessants.

—Si les teves deduccions són correctes, t'enfrontes a un gran perill —va fer—. I, si no ho són, el perill encara és més gran. Has de buscar aliats poderosos.

—Snefrú?

—No. El faraó repapieja i ho esgarraria tot.

—Ramosi?

—No crec que sigui l'home més indicat —respongué, després de reflexionar-hi uns moments.

—Heteferes?

—Tampoc. La reina és intel·ligent, però odia massa a Seshat. Ha de ser una ment més freda, més allunyada.

—Kheops?

—Ell sí que té prou intel·ligència i poder. Parla-li, però procura fer-ho amb molta cura, que sigui ell qui descobreixi l'acció, qui lligui caps i qui prengui la decisió. Insinua, però no afirmis mai.

*** ***

L'ocasió per fi es va presentar. Un dia, Sedum discutia amb Ecat. Malgrat que Sauiju era el seu ajudant oficial, confiava més en l'home que ell havia escollit personalment. Si més no, l'havia observat amb molta cura i estava convençut que li era fidel. Era discret i intel·ligent i havia entès que el summe sacerdot mai no seria un bon company de travessa. Sedum estava molt preocupat. Ja feia temps que les arques del faraó s'omplien de teranyines i que les sortides guanyaven amb escreix les entrades.

Aquell matí Ramosi es va presentar a palau i se'n va anar a parlar amb Snefrú, amb qui va estar reunit força estona. Kheops també va ser-hi present. Només ell, però. I Ramosi no va perdre el temps. Com sempre, arribava amb una nova proposta, una idea miraculosa que seria agradable a Snefrú, pobre ancià ja caduc que s'extasiava amb contes d'infants. El summe sacerdot, adoptant el posat d'il·luminat, va explicar que aquella nit Ra li havia enviat una visió per tal d'ajudar el seu fill estimat.

—El gran déu del sol, pare del gran faraó, llum d'Egipte, m'ha parlat i m'ha dit: el meu fill Snefrú ha d'acabar la seva darrera llar. El temple és ric. De manera que faré un préstec i ompliré les arques de palau.

Snefrú es va emocionar i, a canvi, va accedir a totes les peticions de Ramosi, sense ni tant sols voler escoltar les assenyades paraules de Kheops, que volia parlar amb Sedum i calcular les conseqüències d'aquella proposta, però el faraó només escoltava la veu del cel.

En acabar la reunió, Ramosi va marxar content i el fill del faraó va sortir al jardí i es va asseure a la vora del llac. Sedum, des de la sala dels comptables, el va veure i va copsar que alguna cosa li passava, s'ho va manegar i va passar per davant d'ell.

—D'aquí ben poc tindràs els graners ben plens —va fer el príncep, no gaire feliç, en rebre la salutació del seu antic preceptor.

—Els déus han obrat un miracle? —somrigué Sedum.

—Ramosi n'és l'artífex.

—No sembles content, noble Kheops.

—A canvi, deu sacerdots del temple de Ra seran nomenats nomarques. Amb això ja domina vint-i-dos nomos, dels quaranta-dos que té Egipte. Més de la meitat. I el càrrec és hereditari, a favor del temple. De manera que el successor sempre serà qui ell designi —li explicà, mentre remenava l'aigua amb la mà—. El faraó, a qui els déus guardin molts anys, no veu més enllà de la seva piràmide i no m'ha volgut escoltar.

—Pitjor hauria estat que Egipte fos envaït per les rates, com a casa meva —comentà Sedum, i Kheops se'l mirà estranyat. Per on sortia, ara, aquell home?—. Sort n'he tingut del remei de Nezemet, la bruixa que li proporciona els filtres d'amor a la reina Seshat —abaixà la veu el tresorer, com si fes la major de les confidències, que van esperonar la curiositat del fill del faraó. Llavors, aixecà de nou la veu—: Ha estat miraculós.

—Quin remei? —s'interessà Kheops. Per més que fos un home, no podia sostraure's del contes de palau, de les tafaneries de dones i dels secrets més amagats i més personals.

Sedum es fa sentir content. Havia de destriar bé les properes paraules i crear l'ambient de suspens que posaria en marxa la ment de Kheops, inquieta i curiosa per naturalesa.

—Una pols blanca. Un miracle! Tal com em va dir Nezemet, la vaig barrejar amb blat i l'endemà totes eren mortes. Però, és un remei perillós —va seguir parlant Sedum, com si tot allò no tingués la més mínima importància. I aquí va fer una petita pausa per tal que les orelles del fill del faraó restessin ben atentes—. A la que sentis que els ossos et fan mal, que el color del rostre es torna cendrós i que et mareges, llança tot el menjar. Vals més passar fam que morir —féu una segona pausa, i coronà—: Això és el que em va dir aquella bruixa.

Kheops es va quedar en silenci. Color cendrós, mareig, ossos que fan mal...

—També va parlar de vòmits? —preguntà mirant Sedum directament als ulls.

—Ara que ho dius, noble príncep... —va respondre Sedum, com si acabés de recordar el detall—. Sí, també.

El jove s'aixecà, va caminar pel costat de l'estany, es va aturar i es tombà cap a Sedum.

—On puc trobar aquesta Nezemet?

—Hi ha rates, a palau? —preguntà Sedum, simulant esgarrifança.

—Potser sí, que n'hi ha alguna —afirmà lentament Kheops.

—N'he guardat un xic de la pols miraculosa —oferí el tresorer amb innocència—. Suposo que ja no l'hauré de menester. No n'ha quedat ni una.

—Porta‑me‑la. Avui mateix.

—Serà un plaer —es va inclinar Sedum en una llarga reverència i va marxar de nou cap al seu treball.

*** ***

Amb les parpelles i el nas n'hi va haver prou. Quan Nezemet va veure damunt la taula, separats del seu cos, aquells dos béns tant preuats, va començar a parlar i no va callar fins que Kheops va ordenar els dos soldats que se l'enduguessin.

El príncep va treure la daga, punxà l'apèndix que hi havia damunt la taula, se'l va mirar i reflexionà. Ella no ho havia sabut fins després. Seshat havia enviat una esclava que li havia dit que era per matar unes rates i es va interessar molt per la dosi justa que havia d'emprar i quines eren totes les conseqüències de prendre'n i quin era el remei, per si arribava algun accident. Potser és veritat o, tal vegada, no. Tant se val! L'important és que ja sabia on havia de cercar.

Kheops va abandonar la casa de la bruixa i es dirigí a palau. Ara havia d'enllestir una altra feina, força més delicada.

No va ser gaire difícil trobar l'esclava. Era una jove torbadora, amb un cos sensual i un rostre atractiu de carnosos llavis. Segons li havien explicat, a Kheops, aquella meuca era hàbil amb el cos i amb la cuina, podia preparar plats exquisits i de tothom era conegut que escalfava el llit d'Snefrú per esperar l'arribada de la reina Seshat. S'allitaven plegats, tots tres, i ella aconseguia veritables prodigis en l'un i en l'altra. Algú que l'havia tastada comentava que no tenia mida. Tant se li'n donava allò que fessin amb ella o allò que li demanessin de fer. La recerca del plaer constituïa el seu únic objectiu i obria tots els seus secrets a una sola ordre de Seshat, que també gaudia a bastament de la seva sensualitat, procurant que cada dia un nou vici fes les delícies del seu marit. La imaginació d'aquella esclava la convertia en un tresor sense preu i deien que la seva llengua atrapava qualsevol racó i arrencava els més impensables gemecs de passió. Un cop complerta la seva feina, es retirava i deixava que el faraó coronés l'instant de màxima excitació dins del cos de Seshat i s'adormís en braços de la reina.

Aquella esclava, d'aspecte apassionat i delicat, de suaus formes i voluptuoses corbes, va presentar més resistència que no pas el de Nezemet. Era devota de la seva senyora, però també va acabar per confessar, quan ja no quedava gairebé cap vestigi de la dona formosa capaç d'aixecar l'ànim més decaigut.

—Per què? —va preguntar Kheops.

—Ordres de la reina —van xiuxiuejar aquelles dents al descobert, que l'absència de llavis ja no podien tapar, perquè havien caigut al terra.

—Guardeu·la viva —féu el príncep i abandonà la cel·la.

Els dos guàrdies que l'acompanyaven es van quedar al jardí i ell es dirigí a les estances de Seshat. La segona esposa del faraó, en veure'l arribar, va somriure i va ordenar les serventes que es retiressin i preparessin beguda i menjar. Anava lleugerament vestida per causa de la calor i interpretava aquella visita com el triomf dels seus precs, després de tant i tant lluitar. Es va aixecar lentament, deixant que la tela transparent cobrís les seves cames, es va atansar amb estudiats moviments i el va abraçar. Kheops la va deixar fer i, després, quan ella ja

175

creia guanyat el combat, la va apartar amb una empenta i li va llançar al pit la bossa amb la pols miraculosa, que va caure als peus de Seshat.

Per un instant, Seshat no va encaixar el rebuig. Immediatament, després, els seus ulls van contemplar la pols blanca espargida pel terra, però es va refer i, desafiant-lo, se li encarà.

—Què significa, això?

—Que Kannefer no és culpable.

—Ningú no l'ha acusat de res.

—Jo l'he acusat, el faraó, amb la seva actitud, l'ha acusat, el poble sencer ha acusat i ha condemnat un innocent. I tu has estat la instigadora.

—Fals! Qui gosa dir-ho?

—Nezemet ha confessat davant de testimonis i en tenim proves. L'esclava també ha confessat.

—Una bruixa i una esclava —esclafí a riure Seshat, es va apropar al príncep i se'n burlà—. A qui penses que creurà Snefrú?

—A qui pugui parlar —respongué el príncep.

Seshat no va entendre la resposta fins que la daga no li va punxar l'estómac, per sota les costelles, i, després, amb horror, va sentir que la punta pujava cap amunt, per acabar bellugant-se a cantó i cantó i escapçar-li el cor.

Allà va quedar estesa, als peus de Kheops, sense vida, amb els ulls oberts de bat a bat, incrèduls, mentre les esclaves i les serventes fugien esfereïdes.

9.- EL PREU

La tragèdia va commoure tot Egipte, d'un extrem a l'altre. El poble, majoritàriament, no havia acceptat de bon grat la presència de Seshat, a qui feien una dona envejosa i ambiciosa, però els seus parents i amics reclamaven justícia, els partidaris de Kannefer exigien el seu retorn i Snefrú, aclaparat per les pressions, ordenà detenir Kheops a l'espera de la sentència del faraó, l'únic amb prou autoritat per poder castigar-lo per haver mort la seva esposa sense esperar la justícia del fill de Ra.

Heteferes va visitar Snefrú i li va implorar el perdó per a Kheops, però les veus dels parents de Seshat omplien tots els racons de palau reclamant la justícia de la màxima autoritat del regne, i el faraó no se la va escoltar. El seu fill li havia pres la joguina més preada i havia de pagar.

—No el pots castigar. És el teu fill. És el teu successor —va dir la reina—. El poble l'estima, és un gran general, ha vençut el libis i t'ha protegit de tot mal.

—Ha gosat passar per damunt de l'autoritat del faraó. Kannefer serà el meu successor i a ell el desterraré per sempre més.

Heteferes abandonà palau i se'n va anar a trobar Ramosi, que també pensava en Kheops i mirava de cercar una solució o aquell episodi significaria la fi del seu somni, perquè, si Kannefer accedia al poder, la venjança per no haver-lo defensat seria terrible i el temple de Ra perdria tot el seu poder.

—Has de fer alguna cosa. El faraó no em vol escoltar i desterrarà Kheops —va fer Heteferes.

Ramosi va cridar els seus sacerdots i els ordenà marxar per les places i els carrers de Men-Nefer. Sabia que el poble s'estimava Kheops i aclamava Heteferes com l'única reina d'Egipte i que només l'amenaça d'una revolta podia commoure el cor del faraó.

L'endemà una multitud es va congregar a la plaça, davant de palau, i els crits s'enlairaren, van entrar per les finestres i van omplir totes les estances. Els sacerdots, amagats entre la gent, exigien la llibertat de Kheops i insultaven Seshat i la seva memòria.

Ramosi va visitar Snefrú.

—Gran faraó, llum d'Egipte, senyor de totes les terres del Nil, fill de Ra, escolta el poble que reclama el seu perdó. Kannefer ha tornat a Men-Nefer i també implora la teva gràcia —insistí Ramosi.

—Què diria la gent si el fill de Ra tolerés que algú es prengui la justícia per la seva mà? —De sobte, Snefrú adoptà el posat d'un nen malcriat, s'aixecà, tancà els punys i picà de peus a terra, mentre cridava—: a més, no vull, no vull i no vull! L'autoritat del faraó no es pot discutir. Kheops ha de ser castigat. M'ha pres Seshat.

Ramosi es va quedar astorat. Mai s'hauria imaginat una reacció tan estúpida ni uns arguments tan puerils en l'home que governava tot l'Egipte. Llavors, va recordar l'advertiment de Sebekhotep: «Se li està desfent el cervell.»

—El poble estima Kheops —respongué lentament, mesurant cada paraula—. És cert que ha comès un error, però ho ha fet pel gran amor que sent per tu. Si el vols castigar, hi ha maneres i maneres de fer-ho. I algunes d'elles són prou punyents. Més que no pas la pèrdua del tron. Sobretot en un cor jove i enamorat. I, fins i tot, pots recuperar la pèrdua.

—Com? Parla, parla, parla! —ordenà Snefrú. Sabia que Ramosi sempre arribava amb propostes interessants.

—Kheops, amb la seva acció, t'ha furtat una reina i la llei diu que ha de pagar. Que pagui el preu amb idèntica riquesa.

—Què vols dir?

—Ell estima Merittefes i es vol casar. Una noia jove, tendra i maca. Una flor com no n'hi ha d'altra. Que Merittefes sigui el preu.

Snefrú va caminar cap a la finestra. Els crits de la multitud van callar quan van veure la seva figura i ell els contemplà. Si ordenava els soldats que ataquessin la multitud, allò esdevindria un espectacle magnífic. Somrigué com un babau. No, conclogué. La sang el posava malalt i Ramosi tenia raó. Merittefes era una jove molt atractiva i Kheops estava boig per ella. Sí, seria un càstig digne d'un rei savi i una lliçó que el seu fill mai més no oblidaria.

Es tombà cap al summe sacerdot i el mirà amb un somriure.

—Entesos. Merittefes serà meva. Tota meva —féu prou content i abandonà l'estança.

Seshat no va ser enterrada. Després d'escoltar els testimonis dels guàrdies, de Nezemet i de l'esclava, el seu cos va ser cremat i el seu nom va desaparèixer de tots els documents, complint amb la tradició que deia que si es vol matar algú, enterament, se li ha d'esborrar el nom. Aquesta era l'única forma de venjança que li quedava al faraó, perquè Kheops li havia furtat totes les altres. Nezemet i l'esclava també van morir cremades, amb el cos de la seva reina. Només que, quan van entrar a la foguera, encara eren vives.

Heteferes, en assabentar-se de la decisió d'Snefrú, se'n va anar a parlar amb el seu marit, però no hi va haver res a fer. La sentència era ferma. O Merittefes per a ell o el desterrament per a Kheops.

—Si gosa tocar Merittefes, ordenaré que el matin —va fer el faraó i aquí es va acabar tota la discussió, perquè la reina va comprendre que Snefrú, aquell brillant oficial, l'home de qui es va enamorar, ja no raonava, sinó que havia esdevingut una ment esgarrada i un cor empetitit que només volia a tot preu una nova joguina.

Dies després, Snefrú prengué per muller Merittefes. La boda va ser fastuosa, més de l'habitual i Kheops va haver d'assistir-hi i va contemplar impotent com els braços del faraó l'abraçaven i les seves mans fregaven les seves carns. Snefrú no s'hi va estar d'aixecar els vestits de la seva nova esposa, provocant-li vergonya davant la nuesa, i de tocar-la en públic. De tant en tant mirava el seu fill i, llavors, encara premia més aquelles carns, fins arrencar petits crits de dolor de la jove reina. Heteferes no va assistir-hi. Havia emmalaltit de sobte.

No havia acabat la festa que el matrimoni es va retirar a les habitacions privades.

—Perdoneu que me'n vagi —va fer Snefrú amb veu pastosa per causa de l'embriaguesa i va dirigir una mirada de superioritat a Kheops—. Haig de convertir una princesa en reina i una nena en dona —i les seves riotes van ser corejades per bona part dels presents.

Mentre els cants i les danses prosseguien, la jove va ser degudament preparada per esperar el seu senyor i les esclaves van marxar en veure aparèixer Snefrú, que es va acostar al llit i ordenà Merittefes que es despullés. Llavors, va contemplar llargament la seva nuesa i acaricià aquell cos verge, mirant d'excitar-se, però, a la seva edat, la natura ja no era benèvola amb ell i la visió de tendres carns no tenien el mateix efecte que en altres èpoques. Desencoratjat, va demanar la jove esposa que complís els seus deures i que obrés el miracle de bellugar la seva sang, tal com feia Seshat, però Merittefes era inexperta i de poc van valer els pobres intents. Llavors, Snefrú es va enfadar, li va obrir les cames i amb els dits li va trencar el segell sagrat. La pobra noia va fer un crit de dolor i d'esgarrifança. Snefrú s'eixugà la mà i se'n tornà cap a la festa. D'una manera o d'una altra, la reina ja era dona i era seva.

Kheops el va veure entrar. Sedum era a prop seu i va copsar la mirada d'odi del fill del faraó. Es va atansar i li va dir:

—Potser, era la millor solució.

—Més m'hauria estimat no ser faraó o, fins tot, morir —li contestà.

—No diguis això, noble príncep. Quan vaig perdre el segon fill estava convençut que la vida s'havia acabat per a mi, però vaig trobar Sebekhotep i ell em va fer entendre que hem estat cridats per a alguna cosa i que cal saber-la trobar. Tal vegada, si el visitessis...

Kheops va somriure tristament, tot agraint l'intent del tresorer per dur un xic de pau al seu cor, i abandonà la festa.

*** ***

La gran piràmide d'Snefrú també es va acabar i els deutes eren tants que Sedum dubtava que algun dia els arribés a pagar. Ramosi havia fet un bon treball i s'havia assegurat el futur. Ara ja dominava vint-i-dos dels quaranta-dos nomos d'Egipte, i ell era el visir. Encara que

Kheops, en accedir al tron, no el confirmés en el càrrec, qui podria discutir la seva autoritat? Havia estat un camí llarg i difícil, però el fruit ja estava madur i només hi havia un detall que el mantenia preocupat. Kheops, després de perdre Merittefes, visitava amb massa freqüència l'altra riba del Nil. Acudia regularment a parlar amb Sebekhotep, amb qui mantenia llargues converses. De què podien parlar?, no parava de demanar-se el summe sacerdot. Finalment, va anar a trobar Sedum.

—No en sé res —va respondre el tresorer.

—Doncs esbrina-ho i digues-me'n alguna cosa.

—Espiar converses no és feina d'un tresorer —replicà Sedum. Ramosi es posà tens. Ja no podia fer res contra ell. El tresorer va somriure i es mofà—: Sebekhotep és un gran savi i suposo que el noble Kheops gaudeix de la seva conversa.

—Sí. Sebekhotep és molt intel·ligent —confirmà Ramosi, i, quan el tresorer marxava, abaixant la veu per a què Sedum no el sentís, xiuxiuejà—: Massa intel·ligent. I tu, també.

A palau els rumors corrien. Snefrú estava perdent les forces. No es llevava d'hora, sinó que esperava que el sol fos ben alt. Menjava poc i la seva veu s'apagava, mentre el cap se li enterbolia i donava ordres contradictòries i, algunes, de ben absurdes. En arribar el vespre ja havia oblidat allò que havia fet al matí. Els servents anaven de corcoll, mai no sabien de quin humor el trobarien i un somriure no era garantia de res, perquè podia canviar amb més rapidesa que la direcció del vent.

Sedum també patia les conseqüències. De temps en temps el cridava i li preguntava pel grau d'avançament de la piràmide. Llavors, el tresorer li havia de recordar que estava acabada i havia de cridar tots els arquitectes perquè corroboressin les seves afirmacions. Un i altre cop li havia d'explicar amb tot detall com segellarien l'entrada. Després li mostrava els dibuixos de les pintures de les parets i li feia un inventari de tots els tresors que ja hi havien ficat i de tots aquells que afegirien quan Ra el cridés al seu costat.

—Si vols, gran Snefrú, senyor de totes les terres del Nil, llum d'Egipte, fill de Ra, podem anar a veure-la — acabava el seu discurs.

—No, ara no. Hi ha massa feina. Demà —responia Snefrú i li atorgava el seu permís per retirar-se.

La feina era del tresorer, per mirar com podia tornar el préstec de Ramosi. Havia intentat abaixar els terribles costos de l'exèrcit de servents de palau, però Snefrú no volia ni sentir-ne parlar. També havia pensat estalviar dels nombrosos regals que el faraó enviava a les seves esposes i concubines o de les concessions en matèria d'impostos amb què obsequiava el més petit favor o, fins i tot, tallar els pagaments que ordenava amb motiu d'una paraula amable. Però, el faraó vivia amb el convenciment que els seus tresors eren infinits i que mai no s'esgotarien, perquè Ra així ho volia, sense adonar-se que allò que en altre temps fou abundor, ara esdevenia penúria i el poble ja feia dies que protestava.

Mentre, el summe sacerdot de Ra contemplava amb preocupació els canvis que s'estaven produint. Les ofrenes al temple de Ra havien minvat. Per contra, el nou temple dedicat a Toth rebia abundosos donatius i creixia ràpidament. Ramosi contemplava les obres des d'una de les terrasses i sentia cert neguit per l'activitat de l'altra banda del Nil. No pas per la física, sinó per una altra de més subtil. Gairebé cada dia, Kheops prenia una barca i creuava les aigües.

Llavors Ramosi va cridar Sauiju.

—Ha arribat el moment de pagar el teu deute —li va dir—. Necessito de les teves habilitats. Redactaràs una carta, com si estigués escrita per la mà de Sebekhotep, en

183

la qual comuniqui a Sedum que no li vol pagar allò que li deu.

—I què li deu?

—No n'has de fer res. Tu només redacta la carta.

Sauiju se'l va mirar interrogant.

—Significa això que estriparàs el document que m'assenyala com a culpable?

—Sí. Però, tingues molta cura. Ets un artista i no vull que ningú pugui sospitar mai que la carta és falsa.

Dos dies després, Sauiju li va dur la seva millor obra d'art i Ramosi, complagut pel resultat, estripà el document que l'inculpava.

Quan l'ajudant del tresorer va marxar, va cridar un sacerdot.

—Ves a Bubastris i cerca un home que respon al nom d'Iri. Digues·li que l'haig de menester de nou.

*** ***

Sedum era a la sala dels papirs. Ecat l'acompanyava i escoltava les queixes del tresorer que es desesperava. Havia intentat parlar amb Sebekhotep per demanar·li consell, però el mestre estava massa capficat amb la construcció del temple de Toth i no l'havia rebut. De fet, el sacerdot que li atorgà la seva saviesa havia canviat molt. Es passejava pels carrers de Men·Nefer i rebia amb veritable satisfacció les mostres de respecte i admiració per part del poble, assistia a les reunions a casa dels nobles dignataris i visitava amb freqüència el palau reial. La humilitat d'altres temps havia deixat pas a les riques teles i les joies i el seu nom el cantaven totes les boques de la ciutat.

Cansat, Sedum es va llevar de la taula de treball. Encara havia de repassar certs comptes. D'ençà que va descobrir que Sauiju era un confident de Ramosi, vivia en el constant dubte, recelava de tothom, repassava personalment el treball dels seus col·laboradors més directes i feia uns dies que havia decidit ampliar la seva tasca. Només podia refiar-se d'Ecat. De manera que el seu home de confiança l'ajudava a donar una ullada als documents redactats per altres. Avui tocava examinar els contractes de compra d'alabastre per folrar les columnes del temple de Toth.

Ja portaven força estona i els ulls se li enterbolien. Ecat va aixecar la mirada i va dir:

—No ho entenc. Entre aquests fulls hi ha petites diferències. No sabria dir ben bé què és, però... hi ha alguna cosa que...

Sedum els va observar amb molta cura. El seu ajudant tenia raó. Hi havia un detall curiós. La tinta! Això mateix. La tinta era diferent només en aquell full. Per què? Allò no tenia sentit, perquè el full que havia pres estava enmig d'altre dos i, necessàriament, va ser escrit després d'un i abans que l'altre. Llavors, instintivament, va estudiar el traç i va descobrir petits trets que feien sospitar que no era la mateixa mà que l'havia escrit, tot i que era difícil d'assegurar. Tanmateix, va repassar els comptes que hi figuraven i va descobrir un petit error. No era greu, sinó que afectava a una quantitat d'ordre menor. Al final de cada document, l'escriba havia d'afegir-hi el seu nom. El va cercar, al peu de l'escrit. Es tractava d'un dels nous, un que estava a les ordres de Sauiju. I el va cridar.

—Aquí t'has equivocat —li va dir i va assenyalar la suma.

—No ho entenc —va fer l'escriba i va examinar el full amb molta cura—. Això no he escrit jo —va fer, finalment—. Me'n recordo perfectament que aquí, en aquesta línia, vaig posar el símbol de les pedreres. I ara no hi és.

Ecat i Sedum bescanviaren una ràpida mirada.

185

—Si vols salvar la pell, no facis cap comentari a ningú. M'has entès? —va dir el tresorer i l'escriba va fer que sí amb el cap, espantat—. Porta'm tots els documents que fan referència a la construcció del temple de Toth —ordenà.

Durant la resta de la jornada van repassar documents i més documents, comptes i més comptes, i van comparar escriptures i tintes i fulls i signes. Arribada la nit Sedum ja sabia tot allò que havia de saber. I Ecat, també. I ambdós es van esgarrifar.

*** ***

El sacerdot va obrir les portes i va deixar entrar l'home que arribava. Era alt i prim, somreia de costat, caminava lentament i amb precaució i ho escorcollava tot. Un altre sacerdot l'esperava i el va conduir tot seguit a presència de Ramosi. L'home s'agenollà i el summe sacerdot va ordenar que els deixessin sols.

—Els teus desigs, digníssim Ramosi, són ordres, i aquí em tens.

—Ets un bon servidor Iri, encara que massa car.

—No vas quedar content amb el servent de Kannefer?

—Molt content.

—Llavors, el servei no va ser car.

Ramosi somrigué.

—Només puc confiar en tu —va dir—. I aquest cop no pots fallar.

—Quan t'he fallat?

—Mai. Ho haig de reconèixer. Però, aquest treball és molt especial.

—De qui es tracta?

—Sebekhotep.

Iri va aixecar el cap d'una embranzida.

—No és cap esclau ni cap servent, sinó un protegit del faraó i un savi a qui tot el poble venera —va somriure—. Em pensava que éreu amics.

—Quan el futur d'Egipte és en joc, no hi ha amistats enterament sòlides ni homes prou savis ni protecció massa segura —li tornà el somriure Ramosi.

—En aquest cas, el preu haurà de ser en consonància amb la importància del personatge.

—Demana.

—Vint-i-cinc *debens* d'or.

—És una fortuna —rigué el summe sacerdot.

—Ja t'ho he dit. Sebekhotep no és cap servent ni cap esclau. El risc és massa elevat —replicà Iri—. Haig d'estar segur que si alguna cosa falla, gaudiré de la possibilitat d'abandonar Egipte i podré establir-me en altres terres.

—Entesos.

—Qui carregarà amb el mort?

—Sedum, el tresorer del faraó —respongué Ramosi i el seus llavis s'allargaren en un ample somriure—. Té motius —afegí, i preguntà—: Com ho faràs?

—Sedum és un home intel·ligent i gens violent. No puc emprar el punyal —reflexionà Iri en veu alta—. Tal vegada, el verí és una arma més adient. Només m'has de proporcionar un dibuix de la casa. De la resta me n'encarrego jo i t'asseguro que deixaré les proves a casa seva i ningú no sospitarà.

—Quan ho pots fer?

—Quan vols?

—Ha de ser molt ràpid.

—No et preocupis. Un dia per preparar-ho i un altre per executar-ho. El tercer dia vindré per recollir la resta dels *debens* i tornaré a desaparèixer.

Iri es va alçar i es dirigí a la porta. Ramosi l'aturà.

—Recorda que depenen moltes coses del que tu siguis capaç de fer. En depèn el futur d'Egipte. De manera que ves amb compte que ningú no et vegi.

—Si volgués, entraria al temple i et robaria el collar sense que te n'adonessis, digníssim Ramosi.

El summe sacerdot va veure com Iri sortia i tancava la porta amb un sigil i un silenci absoluts. Era una rata fastigosa, però efectiu. Va fer un gran treball amb el servent de Kannefer. Net i ràpid. Ningú no va sospitar. Amb aquella maniobra va aconseguir que Kheops esdevingués el successor d'Snefrú i va apartar Kannefer del camí cap al tron. Després, la sort el va tornar a beneir, quan el segon fill d'Snefrú va descobrir el joc de Seshat i la va ajusticiar, perquè Snefrú es va conformar amb Merittefes. Si no hagués estat per aquella jugada, Kannefer seria el successor. Però, ara Sebekotep representava un bon mal de cap, encara que pitjor hauria estat tenir-lo amb Seshat. Sí, va concloure, havia estat una sort immensa que tot es descobrís després i que fos Kheops l'executor, perquè Seshat havia embruixat Kannefer i el primogènit del faraó no hauria tingut la força de Kheops, perquè, segurament, aquella maleïda dona l'hauria convençut que tot ho havia fet per amor i ell hauria callat.

*** ***

Sauiju va arribar a la sala dels papirs. Sedum llegia i va aixecar un xic els ulls per contemplar com el seu ajudant s'apropava amb passes curtes i aquell posat tímid que el caracteritzava i es quedava davant seu amb la mirada baixa. Va dipositar el papir damunt la taula i va bellugar el cap a cantó i cantó, simulant desesperació.

—El gran Snefrú, senyor de totes les terres del Nil, llum d'Egipte i fill de Ra, cada dia demana coses més estranyes i cada dia és més intransigent —es queixà—. Fa uns anys va escriure una poesia, la va donar a la seva esposa Heteferes i ara la vol recuperar, però el papir s'ha fet malbé —li va mostrar un full rebregat—. La reina tem que el faraó s'ho prengui com un menyspreu i m'ha demanat que la copiï com si fos l'original. Si ho aconseguim, ens quedarà profundament reconeguda i, a més, pagarà generosament aquest servei. Però, no sé com fer·ho.

—Com puc ajudar·te?

—Busca algú que sigui capaç d'imitar aquesta lletra i digues·li que si el treball és bo rebrà cinc *shats* d'or —li va passar el papir.

Sauiju se'l va llegir. Efectivament es tractava d'una poesia.

—La lletra no és del faraó —va fer amb certa recança.

—I és clar que no! És d'un escriba que ja és mort. Si no fos per aquest detall, no t'hauria cridat —i el va deixar tot sol.

L'endemà Sauiju es va presentar amb la còpia. Sedum la va examinar i va fer un gest d'aprovació. Sort que un papir estava brut i rebregat, perquè sinó no seria capaç de distingir quin era el vertader.

—Un treball magnífic. A qui li haig de pagar els cinc *shats?* —va preguntar el tresorer.

—A mi.

—A tu? Ahir no et vaig veure pas copiar·lo.

—L'he fet a casa.

Sedum va treure la bossa que duia penjada a la cintura i la dipisità damunt uns papirs. Sauiju allargà la mà per prendre·la, però el tresorer la va retenir.

—Quant t'hauria de pagar per tots aquests altres documents? —li va preguntar.

—Quins?

—Aquests que ja has copiat —Sedum va deixar sobre la taula uns papirs que guardava al terra—. Observa si n'és, de curiós. La mateixa tinta. Te n'adones? —Sauiju empal·lidí. Els seus ulls havien trobat els fulls que Sedum acabava d'estendre. El tresorer se'l va mirar—. Poc abans que tu arribessis, dos homes van morir penjats al desert i els seus cossos es van assecar sota el sol abrusador. Què creus que et passarà, quan el faraó se n'assabenti?

—Oh, noble Sedum! —va caure de genolls Sauiju—. No he robat res. T'ho juro. Que els déus em castiguin ara mateix si dic mentida.

—Per què ho has fet, doncs?

—Ordres.

—De qui?

—Si t'ho dic, soc home mort.

—I si no m'ho dius, també.

Va ser una llarga confessió. El pobre home va explicar a Sedum una història que al tresorer li sonava familiar. Ramosi, el digníssim Ramosi, en altre temps li va fer signar un document segons el qual ell havia robat al temple. Però, ho va fer per necessitat, per poder pagar uns deutes de la seva família. Sauiju era molt hàbil amb l'escriptura i podia substituir qualsevol mà. Durant tots aquells anys havia complert totes i cadascuna de les ordres del summe sacerdot, fent d'informador, i només en una ocasió havia emprat les seves arts. En els comptes de la construcció del temple de Toth. Però, la gran revelació encara no havia arribat.

—Fa uns dies, Ramosi em va demanar que redactés una carta en la qual Sebekhotep et comunicava que no pagaria el deute que tenia amb tu —va dir l'ajudant.

—Deute?, amb mi? —es va estranyar Sedum—. De quin deute es tracta?

—Em va dir que jo no n'havia de fer res. Que redactés la carta i quedaria lliure.

Sedum es va quedar en silenci. Es va sentir irremissiblement perdut, oblidat pels déus, i ningú no el podia ajudar. Es va aixecar i va contemplar totes aquelles poselles plenes de papirs. Allà hi era gran part de la seva vida. Una vida que ara se li escapolia de les mans. Vida per vida, havia dit Ramosi. Vida per vida.

—Bé, molt bé! —va acceptar, finalment—. Però, encara queden coses per fer —va xiuxiuejar.

*** ***

En arribar a casa, Tuit va trobar el seu marit neguitós. No era l'home de sempre, sinó que es quedava amb els ulls perduts i no escoltava les seves paraules. I així va seguir fins la nit, fins no ser al llit.

—Passa alguna cosa? —va preguntar Tuit, abraçant·se al seu cos.

—Demà al matí, ben aviat, marxaràs cap al nord, cap a Buto.

—Per què? —es sobtà ella.

—Quan arribis, pregunta per un mercader grec que es diu Quiles. Li mostres aquest papir i li dónes aquesta bossa d'or. L'altra, amb les maragdes, l'or, la plata i el coure, te la guardes per a tu. Ell t'amagarà a casa seva i, si d'aquí deu dies no vinc, et durà a Grècia, a l'altra banda de la mar.

—Estàs en perill? —s'espantà Tuit.

—Jo em reuniré amb tu —somrigué Sedum—. Possiblement, abans que no marxis.

—Però, què passa? —insistí ella.

—Tu fes el que et dic i no pensis en mi.

—No marxaré sense tu.

—Si de veritat m'estimes, ho has de fer.

—Però...

—No —va intentar fer·la callar.

—O marxem plegats o no marxem —es va quadrar ella—. Si ets en perill, ja no hi has de fer res, aquí.

—Haig d'escriure a les estrelles —somrigué Sedum i acaronà la galta de la seva esposa—. Possiblement, aquesta és la meva missió, la que se m'havia d'encomanar. No m'ho posis més difícil i ajuda'm. Si us plau.

Tuit el va abraçar i va plorar. Ell també l'abraçà i va començar a besar-la com mai no ho havia fet, omplint-la de carícies, amb la passió de l'home que sap que la vida se li escapoleix de les mans. La va despullar lentament, amb molta tendror, i va besar-li els mugrons. Tuit va respondre tot seguit. El volia dintre seu, que li deixés una part d'ell, que l'arrabassés amb el seu amor i que, si més no, conservés el millor de tots els records. I quan ell ejaculava, ella va fer un prec als déus. Un home com aquell no podia desaparèixer sense deixar res enrere. I si no li concedien, els maleiria per tota l'eternitat. Era tanta la ràbia que l'embargava que no va sentir ni la més mínima esgarrifança per la blasfèmia que acabava de pronunciar. Van fer l'amor com dos folls, amb una intensitat que feia tremolar el terra, i es van quedar entrellaçats, l'un amb l'altre, i així es van adormir.

*** ***

El quart de lluna minvant es reflectia a les aigües del Nil, mentre la petita barca lliscava silenciosament, esquinçava el mirall negre i Iri recordava l'àspid, que era prim i repugnant, grisós i a franges. També recordava que serpentejava mandrós, fins que la forquilla el va immobilitzar i d'una embranzida es cargolà al bastó. Poc sabia, l'animal, allò que li esperava ni la missió que se li havia d'encomanar. Ells, els àspids, no pensen, executen. Si més no, això és el que creiem els humans, els reis de la creació, els éssers intel·ligents.

L'home prengué la petita bossa que duia penjada a la cintura, la va obrir, va extreure l'agulla de sílex perfectament polida, amb una punta afilada i el costat tallant, i la va contemplar uns instants a la penombra. Havia estat arrencada de la pedra mare amb un cop sec, tal com feien els avantpassats. Va agafar el rem i somrigué enigmàtic.

Mentre navegava, la seva memòria li portà la imatge del got que unes hores abans esperava pacient damunt la taula, al costat de la gàbia dels rèptils, i com amb molta cura havia premut amb els dits índex i polze el coll de l'àspid, just a la base del crani, i l'alliberà de la forquilla. L'animal es quedà quiet. No podia fer res contra la mà que el dominava, i aplicava una tàctica tramesa de generació en generació, fent-se la morta i esperant la seva oportunitat per respondre a l'ultratge. Després, també lentament, l'home havia apropat el reduït cap fins a la boca del got de terrissa i havia obligat l'animal a mossegar la vora. El verí va brollar dels ullals i s'escolà fins al fons de tot. L'havia deixat anar altre cop, a la capsa, i el rèptil, en veure's lliure, s'arraulí a un racó entre els seus companys. Ja havia fet la primera part de la feina. De quina feina? I ell, l'àspid, què en sabia?

Aquesta mateixa operació, Iri l'havia repetit tres vegades, fins obtenir una dosi de verí que pogués manipular còmodament. Després havia escalfat el got per reduir el líquid mortal i havia mullat l'agulla de sílex per, finalment, deixar-la assecar i amagar-la a la bossa de pell que va desaparèixer de la taula i prengué el seu lloc a la cintura, sota la roba, on ningú no la podia veure.

Tot era a punt. Només mancava arribar fins la víctima i complir l'encàrrec.

Ara, després de concloure la feina, s'adonava que havia estat fàcil. Un joc d'infants. Havia travessat el Nil a fosques, de nit, damunt la barca. Estava segur que ningú no l'havia vist escalar la paret de tova, i s'havia colat per la finestra. Mercès al dibuix, coneixia prou bé el petit palau que ara era en silenci, en el silenci dels morts, i sabia que ningú no el destorbaria perquè no hi havia guàrdies i els sacerdots i els servents dormien. Va creuar la sala gran, va arribar al dormitori i sentí la respiració lenta i pesant de la seva víctima. Roncava. Una tènue llum platejada li permetia distingir formes. S'havia apropat amb l'agulla de sílex a les mans, sense fer cap soroll, havia cercat el coll nu i, amb extrema agilitat, li va clavar dues punxades perfectament separades per la distància dels ullals d'una serp. Sebekhotep, en sentir l'ardor, s'havia desvetllat, però ell li tapà la boca i l'obligà a romandre quiet fins que el verí atrapà el seu cor. Només uns instants i aquell cos va quedar quiet i sense vida.

Tot això és el que havia d'explicar per tal de recollir la resta de la recompensa pactada i marxar. Un treball senzill, pensava quan la barca va tocar les portes de Men-Nefer. L'endemà seria ric. Però, abans havia de coronar la seva obra. Va travessar els carrers, amagat a la foscor i va cercar la casa de Sedum. Tot era en silenci. Va entrar-hi per la finestra i deixà la bossa que duia a la cintura dins d'un pot, tal com havien convingut amb Ramosi. Finalment, sense fer soroll, va desaparèixer de nou.

Aquella nit va dormir sense malsons, sense el més petit remordiment, i l'endemà, amb el sol a l'horitzó, es va dirigir cap al temple de Ra. Els porters el van deixar entrar i l'indicaren el camí, a través dels jardins, fins arribar a les estances que servien per rebre les visites. Ramosi, el summe sacerdot del déu del sol, l'esperava. Depenien tantes coses d'allò que fos capaç de fer, li havia dit en la darrera conversa. En depenia el futur d'Egipte, la més gran nació que mai no ha existit, i, possiblement, el futur de la humanitat.

Iri va entrar satisfet. Havia acabat amb èxit la tasca encomanada i havia acariciat amb la imaginació la bossa plena de *debens* d'or que cauria a les seves mans tan bon punt comuniqués la notícia. Les fosques aigües de la nit, manses, havien fregat els costats de la barca durant tota la travessa i una suau brisa, missatge dels déus, l'havia acompanyat, com si ells mateixos haguessin volgut beneir i amagar la seva acció. «Tot això són bons auguris», pensava.

—Digníssim senyor, tot s'ha acabat —va dir, només postrar-se als peus del gran Ramosi, l'ull de Ra a la terra.

Ramosi somrigué i s'aixecà. D'esquenes, va assenyalar cap a l'assassí i mentre un sacerdot l'agafava per les espatlles i l'obligava a tirar el cap enrere, l'altre va treure una daga i va tallar el coll del desgraciat, que romania agenollat. La sang va brollar i la vida se li escapolí amb cada glop, amb cada arqueig. Allà va quedar, estès, enmig d'un toll vermellós, rebregat pel patiment i per l'horror de saber que l'única recompensa era la fi dels seus dies.

—Ara sí que s'ha acabat tot. Retireu aquesta deixalla —digué Ramosi amb un deix de fàstic.

Es dirigí cap a la finestra. El sol s'enlairava per l'horitzó atorgant a la terra dels turons més allunyats el color roig de la sorra del desert. Només quedava una feina pendent i el futur seria seu.

Ramosi es tombà cap al sacerdot que esperava les seves ordres i digué:

—Porteu-me Sedum. I ja saps allò que has de buscar.

Llavors, prengué la carta de Sebekhotep, hàbilment falsificada per Sauiju, i se la guardà. Snefrú estava molt malalt, però l'escoltaria quan li expliqués que Sedum també l'enganyava perquè, vell i repapiejant, encara tenia prou clar que l'autoritat del faraó és indiscutible i ell ja li faria entendre que el tresorer l'havia traït i havia mort Sebekhotep. D'aquesta manera, un cop desapareguts els dos puntals, Kheops perdria tots els lligams amb el passat i en qui podria confiar...? En ell, en el visir, en el summe sacerdot de Ra.

Després es va dedicar a planificar el futur immediat. Els sacerdots havien de ser la garantia de continuïtat d'Egipte. Kheops es quedaria sol. A més, havia estat educat al temple i els ensenyaments de Sedum ja quedaven massa lluny. El futur faraó era intel·ligent i acceptaria la situació.

A mig matí, la porta s'obrí i va aparèixer el sacerdot que havia marxat amb l'ordre de cercar el tresorer.

—Hem trobat la bossa —li mostrà.

—I Sedum?

—Ha intentat fugir, l'hem perseguit i ha caigut al Nil. Les aigües s'han endut el seu cos.

—Doncs, porteu-me Tuit.

—No era a casa seva.

—Deu d'estar plorant la pèrdua de Sebekhotep —somrigué el summe sacerdot—. No hi ha pressa, ja la trobarem.

El sacerdot sortí i Ramosi se'n va anar camí de palau, amb la bossa i la carta a les mans.

Només sortir al carrer, va escoltar els crits del poble que s'enlairaren. Sebekhotep, l'enviat de Toth, el més gran metge de tota la història, el sacerdot savi i bo, havia mort. Ningú no s'ho podia creure. Sebekhotep, el sacerdot savi i bo, deia la gent. I Ramosi va somriure. Aquell matí estava força rialler. Sebekhotep, l'ambiciós, havia mort. La intel·ligència més gran d'Egipte havia deixat d'existir. El seu somriure es va fer més ampli. Intel·ligent...? Sí, ho era. I molt! Però, no tant. Sebekhotep havia tingut cops magistrals. No podia negar-ho. Ell havia tingut la idea de traslladar Sedum a Jemenu i preparar-lo per esdevenir el preceptor dels fills del faraó. D'aquesta manera l'havia ajudat a vèncer la resistència d'Heteferes. També era seva tota aquella història de l'escriptura a les estrelles, del futur i que tots arribem a aquest món amb una missió per complir. Un argument digne d'una ment brillant que va aconseguir que el babau del tresorer hi caigués de quatre potes. Tanmateix, l'ambició l'havia perdut. Quina llàstima! Com a servent no tenia preu, però com a rival havia de morir. Ningú no s'enfronta al gran Ramosi sense patir·ne les conseqüències.

Quan el summe sacerdot va arribar a palau, li van informar que Snefrú aquell matí no s'havia llevat. Els metges eren amb ell. Havien anat a buscar Sebekhotep, però l'havien trobat mort, a la seva cambra. Un àspid l'havia mossegat. Sí, ja se n'havia assabentat de tan terrible pèrdua, va respondre amb tristor fingida.

Immediatament, Ramosi va assumir el paper de visir del faraó i començà a donar ordres. Era urgent que parlés amb Snefrú, però els metges li van dir que no podia sentir ningú i molt es temien que no li quedava gaire temps de vida. Havien avisat la reina Heteferes que ja venia acompanyada dels seus fills i de tots els nobles de la ciutat.

El summe sacerdot es quedà pensarós. Bé! Si moria Snefrú, li mostraria a Kheops totes les proves de la culpabilitat de Sedum. I qui el contradiria?

*** ***

Envoltant el llit del faraó, Heteferes, Kheops, Kannefer, Ramosi, Merittefes, els metges, els nobles, els sacerdots i els servents esperaven pacientment. La respiració d'Snefrú, cada cop més lenta i més apagada, trencava els xiu·xius dels sacerdots que enlairaven les seves oracions. Fora també regnava el silenci i el recolliment, malgrat que la plaça era plena de gom a gom. El poble, després de recuperar·se del cop que acabava de representar la mort de Sebekhotep, havia girat els ulls cap al palau reial. Tots els rumors apuntaven un desenllaç imminent.

Ramosi contemplà l'escena. Ara sí que havia arribat on volia. I els déus el beneïen. D'aquí ben poc Egipte entraria a l'eternitat. A la seva eternitat, la que ell havia dissenyat i construït de mica en mica, pacientment, laboriosament, dia rere dia, amb la meticulositat que aplicava a cadascun dels seus actes. Els havia vençut tots.

De sobte, Snefrú inspirà profundament, com si volgués acaparar tot l'aire de l'estança i el deixà anar. Un dels metges s'apropà, l'examinà, es tombà cap als presents i digué:

—El gran Snefrú, senyor de totes les terres del Nil, llum d'Egipte i fill de Ra, ha mort. Vida eterna al faraó!

Les dones van començar a plorar desconsoladament, mentre tots els presents s'agenollaven i oferien el seu darrer tribut a l'home més gran del país i de la terra.

Ramosi s'alçà, sortí a la terrassa i, en la seva qualitat de visir, es dirigí a la multitud.

—Poble de Jemenu i nacions d'Egipte, el gran Snefrú, el faraó més estimat, el rei més gran de tots els regnes, senyor de totes les terres del Nil, llum d'Egipte i fill de Ra, ha estat cridat pel seu pare celestial.

Els crits d'astorament, els vestits esquinçats, els brams i els plors inundaren tota la plaça i tota la ciutat.

Durant la resta de la tarda van tenir lloc els sacrificis i les oracions per l'eternitat del *ka* del faraó. Els embalsamadors es prepararen per rebre el cos d'Snefrú i els nobles s'aplegaren a la reina i als seus fills, oferint-los les seves mostres de condol.

Arribada la nit, el príncep esdevingut senyor de totes les terres del Nil es va retirar a una cambra i va rebre els nobles, un a un. Finalment, tal com manen els costums, va cridar Ramosi.

—On és Sedum? —va demanar el successor d'Snefrú—. No l'he vist i ningú no sap on para.

—Oh, gran senyor! —féu el summe sacerdot—. Sento comunicar-te tan males notícies en un dia que Egipte ha perdut el somriure i el seu cor es trenca de dolor —va allargar la mà i li mostrà la bossa i la carta.

Kheops va prendre la carta i la llegí amb atenció. Després obrí la bossa i va extreure l'agulla de sílex.

—Sedum, ajudat de Sebekhotep, robava al gran Snefrú —explicà Ramosi—. Però, Sebekhotep era ambiciós i no va voler pagar els seus deutes. Sedum l'ha mort i ell també ha trobat el seu càstig quan intentava fugir dels soldats que he enviat a buscar-lo.

—No és possible —abaixà el cap el nou faraó, abatut.

—Costa de creure, però no hi ha cap dubte. He ordenat cercar entre els papirs dels comptes del faraó i hem trobat la prova —explicà Ramosi—. En la construcció del temple de Toth, que la bondat del gran Snefrú va acordar, hi ha tot un seguit de petits errors. I em temo que el mateix passa amb el comptes privats de palau.

—Si el gran Snefrú, el meu estimat pare, no hagués tancat els ulls, aquesta notícia l'hauria mort —va plorar Kheops—. Sedum, el més lleial de tots els servidors... un traïdor. Deixa'm sol —ordenà i Ramosi s'inclinà i es retirà.

En aquell precís instant, quan el summe sacerdot sortia, un servent va entrar i discretament s'apropà a Kheops i pronuncià unes paraules a cau d'orella del nou faraó. Aquest se'l va mirar, es va aixecar i també sortí.

Ramosi es va quedar estranyat. Què era allò que havia obligat Kheops a marxar tan precipitadament? I quan va tornar al dormitori d'Snefrú, el seu cap intentava trobar una resposta.

Poc després, el mateix servent va entrar i va comunicar al summe sacerdot que l'acompanyés. El gran Kheops el cridava.

—Què vol?

—No ho sé, digníssim Ramosi. Només m'ha dit que vingui a buscar-te.

Els dos homes van creuar la sala del tron i van dirigir-se cap a la cambra que servia de despatx al faraó. Només entrar, Ramosi va veure els soldats. Kheops s'estava dret, al costat de la finestra. Duia uns papirs a la mà, que va lliurar al visir, sense cap més paraula.

Els ulls del summe sacerdot, conforme llegien, s'engrandien cada cop més. Però, què era allò? El seu cap cercava una explicació, una excusa, una defensa, però no n'hi havia cap.

Finalment, es tombà cap a la terrassa i digué:

—Maleït siguis, Sedum! No t'hauria d'haver perdonat la vida per primer cop, allà, a Aswan. Maleït siguis per tots els temps!

EPÍLEG
EL FILL D'HERMES

Caminava encorbat, a poc a poc, recolzat en un bastó. Era vell, però no d'aquelles terres, perquè no tenia aspecte de grec. Havia arribat amb un vaixell que va tocar la platja de Tessalònica, a la mar Egea, i s'havia endinsat a la terra a la recerca de l'home savi, les excel·lències del qual cantaven per tota la costa, des de Grècia fins a Egipte, i molt més enllà. Parlava amb un deix estrany. Vestia com un pidolaire i es cobria el cap amb una caputxa que el preservava de la llum del sol, però es movia amb un toc de distinció. Aixecava el cap i mirava la gent directament als ulls, com si anés a donar una ordre. Va entrar al poble i va preguntar a una dona, que li va indicar la casa que cercava, una de gran. Va donar les gràcies i continuà caminant amb passes curtes i mesurades. En arribar, uns joves sortien. Alguns discutien entre ells, s'interrogaven i miraven de trobar respostes a qüestions que van arrencar un somriure del vell. Altres, els més menuts, es perseguien i cridaven.

Quan els vailets ja havien fugit, un home va aparèixer a la porta de la casa. El vell se'l va mirar. Vint-i-cinc anys, li va fer. Tenia la pell morena, era alt i amb els braços forts, impropis d'una persona que fa treballar més el cap que no pas el cos. El seu rostre era angulós, un xic dur, però els ulls sincers i el somriure acollidor li atorgaven afabilitat i simpatia.

—Ets tu, aquell que anomenen Àyax? —preguntà el vell.

—Sí. Soc jo.

El vell va seure en una pedra a la porta de la casa, cansat. La pols de les sandàlies indicaven que portava força temps caminant. Llavors, Àyax va entrar a la casa i li va dur un got d'aigua, que el vell begué amb satisfacció. El sol de Grècia era poderós a aquella hora del dia.

—Em buscaves a mi? —va fer el jove.

El vell apurà lentament l'aigua, li va tornar el got, va treure un papir de sota la túnica i li ho va mostrar.

—Què me'n pots dir?

Àyax el desplegà. Era un compendi de set principis. El va llegir.

ELS SET PRINCIPIS BÀSICS DEL CONEIXEMENT

Primer: Tot és ment. L'univers és mental. Sota tot allò que coneixem, plana un esperit que no podem conèixer. Ell és la Llei.

Segon: com és a dalt, és a baix; com a baix és a dalt. Tot es correspon. Les mateixes lleis que actuen sobre l'home, actuen sobre un cuc o sobre una estrella.

Tercer: res no descansa; tot es mou. Res no desapareix, tot es transforma.

Quart: tot és dual. Tot té dos polos. Els oposats són idèntics, de la mateixa naturalesa, però diferent grau. Els extrems es toquen.

Cinquè: tot flueix, fora i dintre. Tot té les seves pujades i baixades. El ritme compensa i manté l'equilibri.

Sisè: qualsevol causa té un efecte. Qualsevol efecte té la seva causa. Tot succeeix conforme la Llei. Res no s'escapa.

Setè: tot té el seu principi masculí i el seu principi femení. El gènere es manifesta en tots els nivells de l'existència.

—És la Taula Maragdina —somrigué Àyax—. I el nom li ve del valor d'aquests principis, que és superior al de totes les maragdes del món.

—Això ja ho sé. Com també sé que amaguen la més gran saviesa de la filosofia hermètica. Però, qui n'és l'autor?

—Hermes, el meu pare. Per això li diuen filosofia hermètica.

—Aquell que rep el sobrenom de Trimegiste?

—El mateix.

—I on és, ara?

—Va morir. Aviat farà un any.

El vell s'aixecà lentament i mogué el cap, a dreta i esquerra.

—Llàstima! M'hauria agradat parlar amb ell i saber d'on els va treure.

—Eren seus. Ell els va escriure.

—Potser els va escriure ell, però no eren seus. Alguns pertanyen a un home que es deia Sebekhotep. Un sacerdot del déu Toth.

—Sí. És cert. Ell meu pare mai no ho negà.

—El teu pare va conèixer Sebekhotep? —va fer el vell, estranyat.

—Bé l'havia de conèixer, si ambdós eren egipcis.

El vell va perdre el color del rostre i va tornar a seure. Se'l veia molt cansat. Va enretirar la caputxa del seu cap i va deixar que el sol acaronés una pell arrugada i esquarterada, endurida pel pas dels anys. Llavors, Àyax va poder veure-li els ulls, ja apagats, foscos i durs.

—Si era egipci, no es podia dir Hermes. Quin era, doncs, el seu vertader nom? —va fer.

—Sedum —respongué Àyax.

—El mestre de Kheops? —preguntà l'ancià, gairebé esgarrifat i aquells ulls van recobrar la vida i es van obrir de bat a bat per, immediatament després, fer-se petits i clavar-se en Àyax tot esperant la resposta.

—Sí. I també va ser el tresorer del faraó Snefrú. El coneixies? —es va interessar el jove, també sorprès.

—De manera que no va morir —mormolà el vell, incrèdul, mentre desviava la mirada i la dirigia al terra—. No va morir —repetí. Després, alçant els ulls i la veu, preguntà—: Com va poder sobreviure?

—El pare em va explicar que Ramosi, el summe sacerdot de Ra, el volia empresonar. Però, allò que Ramosi no sabia era que el meu pare havia descobert que Sauiju li havia parat una trampa i va preveure totes i cadascuna de les seves passes. Va enviar la mare a Buto, a casa d'un mercader grec. Quiles era el seu nom. Després se'n va anar a parlar amb el seu ajudant Sauiju, que havia signat una carta amb la seva confessió, i li va oferir l'oportunitat de fugir d'Egipte. Finalment va lliurar la confessió a Ecat i li va pregar que la fes arribar a Kheops, quan Snefrú fos mort. També va redactar un segon document, en el qual deixava totes les seves pertinences a Ecat, si lliurava la confessió. D'aquesta manera es va assegurar que el papir arribaria a mans de qui havia d'arribar.

—I Ecat esdevingué el nou tresorer del faraó —somrigué el vell amb tristor—. Un bon preu per un bon servei —va aixecar el cap i va mirar Àyax—. Què va passar, llavors?

—El meu pare va preveure que Sebekhotep moriria, va prendre una barca i se'n va anar per avisar el seu mestre, però no va ser-hi a temps. Quan va arribar a l'altra riba, ben de matinada, es va assabentar que ja era mort. De seguida va pensar que havia estat Ramosi, que havia ordenat posar fi a la vida del savi, i va mirar de fugir, però els soldats enviats pel summe sacerdot de Ra el van descobrir i ell es va llançar a l'aigua i es deixà engolir pel corrent, fent-se el mort. Com va poder, amagant-se, viatjant de nit, va pujar fins a Buto, va recollir la mare i van prendre el primer vaixell cap a Grècia. Aquí va viure fins fa un any, ensenyant els seus principis a tot aquell que els volia escoltar, i aquí vaig néixer jo.

—Tuit va ser la teva mare? —es va sorprendre el vell.

—Sí. Quan va arribar a Grècia estava embarassada i va morir de part, en néixer jo —respongué Àyax amb un somriure—. Segons em van explicar, havien intentat tenir fills i no ho havien aconseguit. Tots naixien morts. I és curiós. Sebekhotep els havia pronosticat que un dia serien pares.

El vell esclafí a riure. Àyax se'l mirava desconcertat.

—El savi Sebekhotep. Ara ja no sé si deia veritat o mentida, si era cert que sabia llegir a les estrelles, si de debò era capaç de preveure el futur o si era un engalipador —va respirar profundament i mogué de nou el cap, negant lentament— Saps? —va fer—. Sedum no tenia perquè haver abandonat Egipte i Sebekhotep tampoc no hauria d'haver mort. Snefrú va tancar els ulls per sempre més aquell mateix dia i Kheops va prendre el comandament de l'exèrcit, va accedir al poder, va clausurar tots els temples i va nomenar Kannefer el seu visir i summe sacerdot de Ra. Després va destituir tots els summes sacerdots i va escollir parents i amics per ocupar els seus llocs. Si Sedum s'hagués quedat, hauria continuat sent el tresorer del faraó, però tothom el va donar per mort. De manera que Ecat el va substituir. Sebekhotep va ser divinitzat com el fill de Toth, déu de la saviesa, de les arts i de les lletres i el seu esperit plana per damunt de totes les terres del Nil. Si Sedum hagués tornat hauria recuperat totes les seves riqueses, i més encara.

—Ell ja no volia tornar. Allò que més s'estimava era aquí, en una petita tomba —somrigué Àyax—. Cada vespre, al llarg de tots aquest anys, fins l'últim de tots, pujava fins el turó que hi ha un xic més al nord i allà s'hi estava, al costat de la mare. Jo l'acompanyava. Li dúiem flors i ell parlava amb ella una estona i li explicava coses. Pensaments, sentiments, futileses que havien passat durant el dia —va callar un instant, mirant cap al nord—. Què va ser de Ramosi? —preguntà.

—No existeix —somrigué el vell—. Mai no ha existit. Si visites Egipte i demanes per ell, no et respondran.

En aquell moment va aparèixer un vailet de sis anys i es va abraçar a Àyax. Era moreno i amb uns ulls vius que brillaven.

—Pare, pare! La cabra ha parit un cabrit blanc com l'escuma de la mar —cridà.

—Això és un bon auguri —va fer l'ancià i el nen es tombà cap a ell.

—El vols veure? —li va oferir.

—Haig de marxar. M'esperen —somrigué el vell—. Com et dius?

—Sedum. I tu?

L'ancià li acaronà la galta.

—Una darrera pregunta —va fer, mirant Àyax—. Per què li deien Hermes Trimegiste, aquell que és tres cops gran?

—Primer perquè va néixer esclau i va arribar a ser lliure; segon perquè va capgirar els designis del cel i va assolir descendència; i, tercer, perquè va renunciar al poder i la riquesa i va abraçar la saviesa.

El vell afirmà lentament amb el cap i, sense pronunciar cap més paraula, començà a caminar.

—Qui és, pare? —va fer Sedum, quan el vell ja no el podia sentir.

—Algú que va poder ser savi i es va quedar pel camí —respongué Àyax, sense deixar d'observar la figura encorbada que caminava penosament.

—I per què no m'ha dit el seu nom?

—El seu nom no es pot pronunciar.

—Per què?

—Perquè el va perdre.

—Com es pot perdre un nom? —preguntà el vailet.

—Recordes que et vaig explicar que l'avi havia nascut a l'altra riba de la mar, a Egipte? —el nen va fer que sí amb el cap, i Àyax explicà—: Doncs, aquest home també hi va néixer i les seves lleis diuen que si un home es porta malament, li poden treure el nom i llavors ja no és ningú. És com si hagués mort. És el pitjor de tots els càstigs. Ningú no el pot cridar, no pot tenir ni fills, ni amics, ni parents, no té casa ni propietats, ningú no l'acull a casa seva i ningú no parla amb ell.

—I ell es va portar malament?

—Va cometre un gran error. Va gosar escriure a les estrelles.

—L'avi deia que qualsevol ho pot fer. Fins i tot, em va dir que un dia jo ho aconseguiria.

—Sempre que coneguis les lleis bàsiques i les dominis.

—Llavors, no pot ser dolent.

—Només quan pretens signar amb el teu propi nom, oblidant que només ets un home i no pas un déu —somrigué el jove pare.

—I aquest home va voler signar?

Àyax va assentir lentament amb el cap, en silenci, mentre contemplava com el vell desapareixia per sempre més. Allò que no va poder sentir van ser les paraules que l'ancià mormolava com si fos una oració.

—Maleït siguis Sedum. I maleït sigui jo. Per tots els temps —no parava de repetir Ramosi, mentre caminava cap a la mort.

NOTA FINAL DE L'AUTOR

Poc després que aparegués aquesta història publicada a Grècia, un home alt, prim, ros y amb accent estranger em va aturar enmig del carrer, concretament a les Rambles de Barcelona, y em va demanar si jo era l'autor de EL MESTRE DE KHEOPS. Si, n'era jo, l'autor. Llavors em va treure del riu del gent, cap a un costat.

—El felicito —va fer—. Acabo de llegir-lo en grec y m'ha copsat molt gratament la seva gran habilitat per amagar l'Octau Principi de la Taula Maragdina.

Em vaig quedar bocabadat i vaig trigar a reaccionar.

—Perdó, però no sé què vol dir. Segons tinc entès, només hi havia set principis... —vaig replicar.

—És ben cert. Jo parlo del corol·lari, que va ser nomenat l'Octau Principi i que feia referència a les condicions que s'exigeixen als iniciats per accedir al Coneixement.

—El corol·lari? —vaig demanar. Em sentia esmaperdut.

—I tant! —Aquell home somreia—. Els sacerdots el van eliminar perquè veien en ell la fi del seu poder. Un cop conegudes les dues condicions, una bona colla dels deixebles podien accedir a la porta que obre l'univers del Coneixement Absolut. Llavors, totes les seves històries sobre els deus i els seus misteris quedarien al descobert, apareixerien les explicacions y ells perdrien la seva raó d'existir. En fi! Una revolució que encara es possible avui en dia.

—Disculpi'm, però li dono paraula d'honor que desconec aquest corol·lari o Octau Principi.

—No pretengui fer-se l'orni amb mi, perquè un lector despert de seguida descobrirà que una de las condicions la pregona durant tota la novel·la y l'altra es la cirereta del pastís, quan gairebé s'acomiada. De manera que, por més que ho vulgui negar, vostè coneix abastament aquest principi y resulta evident que l'ha diluït dins del text deliberadament, igual que altres van fer en temps passats.

—Li prego que sigui més clar y explícit y que m'enunciï aquest Octau Principi —li vaig demanar.

—Li enunciaré l'Octau Principi, si vostè en diu quines són les dues condicions que conté. Evidentment no li costarà gaire esforç, perquè per escriure la història d'el mestre de Kheops ha hagut de rellegir·la molts cops i amb molta cura.

Després de rumiar·m'ho una mica, vaig ser capaç de dir·li, sota el meu punt de vista, quines eren les dues condicions que tindrien que exigir·se a un iniciat per accedir al Coneixement Absolut. Ell va prémer els llavis, assentí satisfet, va somriure i m'enuncià l'Octau Principi.

En aquell instant es produí un petit incident a prop nostre que va copsar la meva atenció. Quan em vaig tombar per continuar la conversa, aquell home havia desaparegut. El vaig buscar amb la mirada, però hi havia tanta gent...

Durant algun temps vaig estar temptat d'afegir l'Octau Principi a la novel·la, però finalment vaig decidí que no ho faria. Tanmateix, seguint idèntic procediment que el meu misteriós interlocutor, estic disposat a enunciar·lo a qui em digui quines són las dues condicions que conté.

Qui vulgui, ho pot fer a través del web www.albertsalvado.com, on hi trobarà la manera de connectar amb mi.

Gràcies.

L'AUTOR

FARAONS DE LA 4ª DINASTIA

Snefrú: Primer faraó. Casat amb Heteferes, que era filla del faraón Huni, darrer de la 3ª dinastia, y amb Merittefes.

Kheops: Segon faraó casat amb Henutsen, Nefertkau y Merittefes, viuda de Snefrú. El germà de Kheops, Kannefer, va ser el seu visir.

Djedefre: Tercer faraó, fill de Kheops, casat amb Khentetka y amb Heteferes, ambdues filles de Kheops.

Kefren: Quart faraó, fill de Kheops, casat amb Khamerer-Nebti, filla de Kheops

Hordjedef: Cinquè faraó, fill de Kheops

Baufre: Sisè faraó, fill de Kheops

Mikerino: Setè faraó, fill de Kefren

ALTRES OBRES D'ALBERT SALVADÓ

Si heu gaudit amb la lectura, potser us interessi conèixer altres obres d'Albert Salvadó, totes també disponibles en format de llibre electrònic.

LA GRAN CONCUBINA D'EGIPTE

Obra guanyadora del IX Premi Néstor Luján de Novel·la Històrica (2005)

L'any 1100 aC governa el faraó Ramsès XI, els camins no són segurs, els comerciants estan espantats, les nacions veïnes no respecten Egipte, la nació es trenca... Herihor, general de l'exèrcit del faraó, viatja a Tebes per salvar l'imperi de les urpes de Penehasy, usurpador nubi.

Després de la gran victòria, rep una revelació dels Déus i ocupa el lloc de Summe Sacerdot. Ell serà el primer membre d'una nova dinastia: la dinastia dels sacerdots. I pacta amb l'altre gran general, Smendes, que Ramsès XI continuarà sent el faraó, però ara hi haurà dos reis: Smendes regnarà al nord i Herihor regnarà en el sud. Ells pacten la divisió de poders i prenen totes les decisions. No obstant això, la mort d'Herihor esdevé un misteri que amenaça amb desencadenar la pitjor de totes les crisis. El seu cos ha desaparegut i si no poden enterrar-lo el seu successor no pot accedir al tron. Llavors Ramsès podrà reclamar de nou el regne de Tebes. On està el cos d'Herihor?, es demana tothom i el misteri creix, mentre la seva esposa Nodyme, la Gran Concubina d'Egipte, mou els fils amb una subtilesa digna del millor dels governants i decideix per damunt de tots.

L'INFORME PHAETON

Durant una festa un escriptor és abordat per un home que li parla d'una societat secreta (CCU) que es dedica a la recerca del coneixement, però la intromissió d'una amiga l'impedeix de profunditzar en el tema, perquè l'home desapareix i ningú no sap qui és.

Poc després rep a casa seva una nota que li indica on pot trobar informació sobre CCU.

L'aparició del senyor Contacte (nom amb què es fa dir el seu misteriós informador) provoca un gir a tota la seva vida i, buscant llegendes antigues, fa un descobriment més que sorprenent: és molt probable que el Diluvi Universal no fos obra de Déu, sinó que nosaltres en fóssim els responsables i els executors.

Aquesta apassionant història parla de l'ésser humà, de tots plegats, d'allò que va succeir i del que pot passar. Ens mostra com resulta molt probable que tot allò que ens han ensenyat sobre la nostra història, la dels nostres avantpassats, no sigui tota la veritat, sinó que ens han amagat que en temps remots ens van modificar part dels nostres gens per tal d'eliminar del nostre cervell la idea de la llibertat.

L'informe Phaeton, a través d'un relat farcit de misteri, dóna una explicació alternativa a tot allò que ens han explicat, remena el nostre interior i obre les portes de la nostra curiositat cap a un món fascinant, on se'ns mostra que allò que coneixem és una ínfima part de la nostra realitat.

L'ENIGMA DE CONSTANTÍ EL GRAN

L'emperador Constantí el Gran és una de les figures més impressionants i controvertides de la història universal.

Les seves decisions són un vertader enigma que aquesta obra desvela magistralment. La seva vida és una infinitat de lluites i conquestes, amistats i odis, amors i desamors, grandeses i misèries, nobleses i crims, enganys i traïcions. I ell, des de la humilitat de l'home que s'enfronta a la seva mort, fa balanç de tot.

Va ser l'últim dels grans emperadors. Fill bastard de Constanci Clor, va unificar l'Imperi romà per última vegada, va concedir la llibertat als cristians, va crear el primer exèrcit mòbil, va instituir la moneda única (el Solidus, vertader precursor de l'Euro), va fundar Constantinople, va assassinar amb les seves pròpies mans... i va viure un gran amor amb Minervina, la seva primera esposa.

Submergir-se en la vida de Constantí és reviure una època increïble i descobrir el gran misteri de les seves decisions, aparentment absurdes i contradictòries i, malgrat tot, carregades d'una lògica sorprenent i implacable que Albert Salvadó ens dibuixa amb pols ferm i mà mestra. Una obra que mai s'oblida i que va merèixer ser finalista en el I Premi Néstor Luján de Novel·la Històrica.

EL RELAT DE GÜNTER PSARRIS

Els que l'han llegit diuen que es tracta d'un relat dur, però que és, al mateix temps, el més tendre i humà que ha escrit Albert Salvadó.

En una cabanya en meitat dels Pirineus, tres homes troben el cadàver d'un pastor, la fotografia d'un oficial nazi i un manuscrit.

Aquesta és l'apassionant història de Günter Psarris, a qui el món va convertir en assassí, malgrat que ell mai va deixar de ser una gran persona. Va viure durant la Segona Guerra mundial, a l'Alemanya de la bogeria, va ser tancat al camp de Mauthausen i va sobreviure. No obstant això, el preu que va pagar per això va ser molt elevat.

Aquesta és també la història d'algú que va estimar amb bogeria, que va ser deportat i que el món, lluny de casa seva, el va tractar amb duresa i li va robar tot el que tenia. Fins i tot l'amor. I aquesta és una història plena d'esperança i de lliçons, d'un episodi recent de la humanitat que ha quedat marcat per la violència, la brutalitat, el salvatgisme i el menyspreu absolut per tot allò que és sagrat: la vida humana. No obstant això, Günter Psarris sap que la vida contínua i que l'amor és etern. I això ningú l'hi pot robar.

ELS ULLS D'ANNÍBAL

Obra guanyadora del «PREMI CARLEMANY 2002»,

A la Roma dels primers temps la dona no tenia cap dret: era considerada una propietat i el matrimoni només era un contracte per tenir fills. Tot i així, en privat, la dona esdevingué el suport de l'home i el centre d'un poder silenciós i secret que va influir en les grans decisions.

Aquesta és la història d'Ariadna, una dona d'ulls foscos i misteriosos com la nit, i de Sinesi, el filòsof que era capaç de llegir als ulls dels altres i despullar les ànimes i que va descobrir que Ariadna guardava al seu interior tot un univers, ocult darrere del misteri de la seva mirada.

Una història en què l'amor amb majúscules s'uneix a les quatre derrotes consecutives, també amb majúscules, que Roma va patir a les mans del gran Anníbal. I tot per causa d'uns ulls.

També és la història de Publi Corneli Escipió, que esdevindrà el més gran dels generals romans, que va aprendre que els ulls són la porta que ens permet contemplar l'ànima i atrapar els sentiments de qualsevol.

El nom d'Anníbal ha passat a la història de la mà dels elefants, però un cop hagueu llegit aquesta obra, és possible que substituïu els paquiderms per alguna cosa molt més petita i infinitament més poderosa.